Хористка

契诃夫小说选集

歌女集

〔俄〕契诃夫 著

汝龙 译

人民文学出版社

图书在版编目（CIP）数据

契诃夫小说选集. 歌女集/（俄罗斯）契诃夫著；汝龙译. —北京：人民文学出版社，2021
ISBN 978-7-02-012937-9

I.①契… II.①契…②汝… III.①短篇小说—小说集—俄罗斯—近代 IV.①I512.44

中国版本图书馆CIP数据核字(2017)第136664号

策划编辑	张福生
责任编辑	李丹丹
装帧设计	刘　静
责任印制	王重艺

出版发行	人民文学出版社
社　　址	北京市朝内大街166号
邮政编码	100705
网　　址	http://www.rw-cn.com
印　　刷	三河市博文印刷有限公司
经　　销	全国新华书店等
字　　数	99千字
开　　本	787毫米×1092毫米　1/32
印　　张	8.125
印　　数	1—3000
版　　次	2021年4月北京第1版
印　　次	2021年4月第1次印刷
书　　号	978-7-02-012937-9
定　　价	31.00元

如有印装质量问题，请与本社图书销售中心调换。电话：010-65233595

目　次

歌女 ·················· 1

哀伤 ·················· 13

在流放中 ············ 25

泥潭 ·················· 44

药房老板娘 ········ 84

昂贵的课业 ········ 97

假面 ·················· 111

塞壬 ·················· 123

尼诺琪卡 ············ 135

熟识的男人 ········ 146

散戏以后 ············ 154

艺术家的妻子 ………………………… 161

绿沙滩 ………………………… 191

生活的烦闷 ………………………… 223

歌　　女

有一天,那是她还比较年轻漂亮,嗓音也比较清脆的时候,她的捧场人尼古拉·彼得罗维奇·柯尔巴科夫坐在她那别墅的楼上房间里。天气闷热不堪。柯尔巴科夫刚刚吃过中饭,喝过满满一瓶质量很差的烈性葡萄酒,觉得心绪恶劣,浑身不舒服。两个人都感到烦闷,就等着炎热消退,好外出去散一散步。

突然,出人意外,前堂响起了门铃声。柯尔巴科夫本来没穿上衣,趿拉着拖鞋,这时候就跳起来,用疑问的眼光瞧着巴霞。

"大概是邮差,或者,也许是我的女朋友吧。"女歌手说。

不论被巴霞的女朋友还是邮差撞见,柯尔巴科夫一概不在乎,不过为了稳妥起见,他还是抱起他的衣服,到隔壁房间去了。巴霞就跑去开门。使她大吃一惊的是,门口站着的并不是邮差,也不是女朋友,却是个素不相识的女人,年轻,美丽,装束上流,从各种迹象来看,也正是个上流女人。

这个陌生的女人面色苍白,费力地呼吸着,仿佛刚爬上一道很高的楼梯似的。

"请问您有什么事?"巴霞问。

太太没有立刻答话。她往前迈出一步,慢腾腾地对房间里扫一眼,坐下来,看样子似乎累了,或者有病,因而站不住了。后来她那苍白的嘴唇努动很久,极力要说出话来。

"我的丈夫在您这儿吗?"她终于问道,抬起哭得眼皮红肿的大眼睛瞧着巴霞。

"什么丈夫?"巴霞小声说,忽然心惊胆战,手脚一齐冰凉了。"什么丈夫?"她又说一遍,开始发抖。

"我的丈夫……尼古拉·彼得罗维奇·柯尔巴科夫。"

"没有……没有,太太。……我……我根本不认得您的丈夫。"

在沉默中过去了一分钟。陌生女人有好几次用手绢擦苍白的嘴唇,屏住呼吸,为了克制内心的战栗。巴霞站在她面前一动也不动,像是脚下生了根似的,带着困惑和恐惧瞅着她。

"那么您是说他不在这儿?"太太问道,这时候她的声音已经稳定下来,脸上现出古怪的微笑。

"我……我不知道您问的是谁。"

"您卑贱,下流,坏透了……"陌生女人喃喃地说,带着痛恨和憎恶打量巴霞,"对,对……您卑贱。我到底能有机会对您说出这句话,实在高兴得很,高兴得很!"

巴霞感到她给这个身穿黑衣服、眼神气愤、手指头又白又细的太太留下一种卑贱和丑恶的印象,不由得为自己胖胖的红脸蛋、鼻子上的麻斑、额头上的刘海害臊,那绺刘海偏偏无论如何也梳不上去。她觉得要是她长得瘦一点,不涂脂抹粉,不留刘海,那就可以掩盖她那并非上流的身份,她站在这个陌生而神秘的女人面前也就不会这么害怕,这么害臊了。

"我的丈夫在哪儿?"太太接着说,"不过他在不在这儿,我倒也无所谓,可是我得告诉您:盗用公款的事已经败露,人家正在捉拿尼古拉·彼得罗维奇。……人家要逮捕他。这都是您干的好事!"

太太站起来,心情极其激动,在房间里走来走去。巴霞呆望着她,吓得没有听懂她的话。

"今天他们就会找到他,逮捕他,"太太说,哭起来,从这种哭声可以听出她的烦恼和激愤,"我知道是谁把他弄到这种可怕地步的!卑贱的坏女人!可恶的、出卖肉体的畜生!"太太憎恶得撇着嘴唇,皱起鼻子,"我是个弱女子。……您听着,下贱的女人!……我弱,您比我强,不过总会有人来给我和我的孩子撑腰!上帝全看得见!他是公道的!他会为我流过的每滴眼泪,为我熬过的那些失眠的夜晚惩罚您!这一天终究会来到,您会想起我的话的!"

紧跟着又是沉默。太太在房间里走来走去,绞着手。巴霞仍然大惑不解,呆望着她,不明白她的来意,等她说出什么可怕的话来。

"我,太太,什么也不知道!"她说,忽然哭起来。

"您撒谎!"太太嚷道,恶狠狠对她瞪起眼睛,"我全知道!我早就知道您!我知道最近一个月他天天待在您家里!"

"是的。那又怎么样呢?那有什么稀奇?我有很多客人,可是我并没有硬拉什么人来啊。来不来随各人的便。"

"我跟您说:盗用公款的事败露了!他在衙门里盗用了别人的款子!为您这么一个……为了您,他居然决心去犯罪。您听着,"太太在巴霞面前站住,用坚决的口气说,"您不可能有节操,您活着就只为了做坏事,这就是您的目标,可是谁也想不到您堕落得这么深,连一丁点儿人的感情也没有!他可是有妻子儿女的。……要是他受了审,流放在外,我和孩子就会活活饿死。……您要明白这一点!不过眼前还有办法挽救他,挽救我们免得受穷和丢脸。要是今天我交上去九百卢布,他们就不会找他的麻烦。只要九百卢布就成!"

"什么九百卢布?"巴霞轻声问道,"我……我不知道。……我没拿过。……"

"我不是跟您要九百卢布……您没有钱,再者我也不要您的钱。我要的是别的东西。……像您这样的人,男人照例会送给您贵重物品的。只要把我丈夫送给您的物品还给我就成!"

"太太,他没有送给我什么东西!"巴霞尖声叫道,开始明白她的来意了。

"那么钱到哪儿去了?他挥霍了他的钱,我的钱,别人的钱。……可是这些钱都上哪儿去了?您听我说,我求求您!我刚才冒了火,对您说过许多不中听的话,那么我道歉就是。您一定恨我,这我知道,不过要是您还能怜悯人的话,那就替我设身处地想一想!我求求您,把那些物品还给我!"

"哼……"巴霞说,耸一耸肩膀,"我倒乐于奉还,可是,我说了假话就叫上帝惩罚我,他什么东西也没送给我。请您相信我的良心话。不过,您说得也对,"女歌手慌张地说,"有一次他送过我两件小东西。好吧,如果您要的话,我就退还。……"

巴霞拉开梳妆台的一个抽屉,从里面取出一个包金的镯子和一个镶红宝石的细戒指。

"收下吧!"她把那两件东西交给客人说。

太太猛然涨红了脸。她的脸颤抖起来。她觉得受了侮辱。

"您给我什么东西?"她说,"我又不是来乞讨的,我是来要那些不该归您有的东西……那些您利用您的地位逼着我丈夫……这个软弱而不幸的人……买给您的东西。……星期四那天,我看见您和我的丈夫在码头上,那时候您戴着贵重的胸针和镯子。所以您用不着在我面前装成没事人似的!我最后一次问您:那些东西您给不给我?"

"天呐,您这个人可真奇怪……"巴霞说,开始生气了,"我对您保证:我从您的尼古拉·彼得罗维奇那儿,除了这个镯子和戒指以外,什么也没拿到过。他只给我带来些甜馅饼。"

"甜馅饼……"陌生女人冷笑道,"在家里,孩子们什么吃的也没有,这儿却有甜馅饼。您坚决不肯退还那些东西吗?"

太太没有得到回答,就坐下来,望着空中发呆,想心事。

"现在可怎么办?"她说,"要是我交不出九百卢布,那么不但他完了,我和孩子们也完了。我到底该把这个下贱的女人打死呢,还是对她下跪?"

太太用手绢蒙住脸,大哭起来。

"我求求您!"她一面大哭,一面数说,"要知道,是您害得我丈夫破了产,把他断送了,您就救救他吧。……您不顾念他,可是孩子……孩子……孩子有什么过错呢?"

巴霞想象那些小孩站在街上,饿得直哭,她自己就也哭了。

"可是我能有什么办法呢,太太?"她说,"您说我是下贱的女人,我害得尼古拉·彼得罗维奇破了产,可是我,要像在真正的上帝面前一样……向您保证:我一点也没沾过他的光。……我们这个班子里只有莫嘉才有阔绰的姘夫,我们这些人,却只能勉强过日子。尼古拉·彼得罗维奇是个受过教育的、文雅的先生,所以我才接待他。我们不能不接待客人。"

"我要东西!把东西给我!我在哭……我在低声下气。……好吧,我下跪就是!只要您乐意就行!"

巴霞吓得叫起来,挥舞两只手。她感到这个苍白而美丽的太太像在舞台上似的表演得那么高尚,而且真的会纯粹出于骄傲,出于高尚而在她面前跪下,为的是抬高自己而贬低歌女。

"好,我把东西拿给您!"巴霞说,擦着眼泪,开始手忙脚乱,"遵命。不过这些东西都不是尼古拉·彼得罗维奇的。……我是从别的客人手里拿到的。就按您的意思办。……"

巴霞拉开五斗橱的最上面一个抽屉,从中取出一个钻石胸针、一串珊瑚、几个戒指、一个镯子,把它们统统交给那个女人。

"要是您乐意,就都拿去,只是我没有从您丈夫那儿得到过任何好处。您拿去,您发财吧!"巴霞继续说,下跪的威胁使她感到受了侮辱,"如果您是高贵的女人……他的合法的妻子,您就该叫他守在您身边。就是嘛!又不是我叫他来的,是他自己来的。……"

太太泪眼模糊地瞧了瞧拿给她的东西,说:

"东西还没有全拿出来。……这点东西连五百卢布也不值。"

巴霞就急急忙忙从五斗橱里又扔出一个金表、一个烟盒、一副袖扣,摊开两只手说:

"我一点东西也没剩下了。……自管搜吧!"

客人叹了口气,伸出发抖的手把那些东西包在手绢里,一句话也没说,甚至也没点一下头,就走出去了。

隔壁房间的门开了,柯尔巴科夫走进屋来。他脸色苍白,一股劲儿摇头,仿佛刚刚吃了一种很苦的东西似的。他的眼睛里闪着泪光。

"您送过我什么东西?"巴霞朝着他发脾气说,"请问什么时候送过?"

"东西。……东西不东西都是小事!"柯尔巴科夫说,摇一下头,"我的上帝啊!她在你面前哭,低三下四。……"

"我问您:您送过我什么东西?"巴霞嚷道。

"我的上帝啊,她上流、骄傲、纯洁……居然打算……对这个娼妇下跪!是我把她逼到这一步的!是我闹出来的!"

他抱住头,哀叫道:

"不,我为这件事永远也不能原谅我自己!永远也不能原谅!你躲开我……贱货!"他厌恶地叫一声,从巴霞面前往后退,用发抖的手推开她,"她刚才打算下跪,而且是……向谁下跪呀?向你!啊,我的上帝!"

他很快地穿上衣服,厌弃地推开巴霞,走到门口,出去了。

巴霞躺下来,开始放声痛哭。她已经舍不得一时赌气拿出去的那许多东西,她感到委屈。她想起三年前有个商人无缘无故地把她打一顿,就哭得越发响了。

哀 伤

旋工格利果利·彼得罗夫在整个加尔庆斯克乡很久以来就以优秀的工匠出名,同时又是人所共知的最没出息的农民,这时候他正赶着雪橇把他那生病的老太婆送到地方自治局医院去。他得走大约三十俄里远的路程,可是那条道路糟糕得很,官府的邮差尚且对付不了,更不要说像旋工格利果利这样的懒汉了。刺骨的寒风迎面吹来。不管你往哪儿看,空中到处都是云雾般的雪花在盘旋,因此谁也闹不清这雪是从天上落下来,还是从地里钻出来的。他眼前只有白茫茫的雪片,既看不见旷野,也看不见电线杆子,更看不见树林,临到一股特别大的风向格利果利吹来,那就往往连车辙也看不见了。那匹衰老弱小的母马吃力地朝前走着。它的全部力气都耗费在把腿从很深的积雪里拔出来,同时把头探出去。旋工急着要赶路。他的身子不安地在赶车座位上颠动,一只手不时用鞭子抽马背。

"你,玛特辽娜,不要哭了……"他喃喃地说,"稍微忍一忍吧。上帝保佑,我们会到医院的,然后,一转眼的工夫你就得救了。……巴威尔·伊凡内奇会给你药水喝,或者吩咐人给你放血,要不然他老人家高兴了,就拿酒精什么的给你擦一擦,于是你那个病……那个……就从身上赶走了。巴威尔·伊凡内奇会尽力的。……他会哇哇地嚷,使劲地跺脚,可是他会尽力的。……他是个好老爷,为人和善,求上帝保佑他平安。……我们一到那儿,他马上就会从家里跳出来,开口骂街。'怎么回事?为什么这样?'他嚷道,'为什么你不在看病的时候来?难道我是条狗,要成天价为你们这些魔鬼忙碌？为什么你不早晨来？出去！你给我立刻滚开。明天再来！'那我就对他说：'大夫老爷！巴威尔·伊凡内奇！老爷！'可你倒是快点走啊，你真该死，魔鬼！驾，驾！"

旋工扬鞭打马，没有看他的老太婆，继续自言自语地唠叨说：

"'老爷！我要像在上帝面前那样说真话……我凭十字架起誓，天还没亮，我就出来了。既是上帝……圣母……动了怒，送来这么大的风雪，我还怎么能按时赶到呢？您老人家看得明白。……再好的马也到不了，何况我这匹马，您看得明白，算不得马，简直丢人现眼！'可是巴威尔·伊凡内奇会把眉头一皱，嚷起来：'我可知道你们这班人是怎么回事！你们老是找得出理由来！尤其是你，格利果利！我早就知道你！你大概一路上进过五家酒店！'我就对他说：'老爷！难道我是坏人，或者是邪教徒？我的老太婆就要把灵魂交给上帝，她要死了，我还有心思去跑酒店！您说的是什么呀,求上帝饶恕吧!叫那些酒店见鬼去吧!'那时候巴威尔·伊凡内奇就会吩咐人把你抬进医院去。我就朝他跪下。……'巴威尔·伊凡内奇!老爷!我们对您感激不尽!您原谅我们这些傻瓜和混蛋吧,您不要生我们这些庄稼汉的气!应该狠狠揍我们,把我们撵出去才是,可是您老人家反而为我们操心,您的脚都沾上雪了!'巴威尔·伊凡内奇会瞪我一眼,好像要打我,说:'你这个傻瓜现在不用扑通一声跪下,平时少喝点酒,多疼点老太婆就好了。应该拿鞭子抽你一顿才是!'我就说:'真的,应该抽一顿才对,巴威尔·伊凡诺维奇,我说了假话就叫上帝把我打死,是应该抽一顿!既然您是我们的恩人,亲爹,我们怎能不跪下?老爷!我说的是实话……就像当着上帝的面一样……要是我蒙哄您,您就朝我的眼睛吐唾沫好了:只要我的玛特辽娜,也就是这个老太婆,病好了,恢复了元气,不论您老人家吩咐我做什么,我都给您老人家做好!要是您乐意的话,我就用纹路极美的桦木给您做个烟盒……做些打槌球用的球也成,那种玩九柱戏用的柱子我也能旋出来,跟外国货一模一样……样样东西我都肯给您做!我一个小钱也不要您的!在莫斯科,您得花四卢布才买得着那样的烟盒,我呢,一个小钱也不要。'大夫就会笑起来说:'嗯,行啊,行啊。……我领你的情!只可惜你是个酒鬼。……'我,老伴,知道该怎么对付那些老爷。没有一个老爷我不能应付几句的。只是求上帝保佑,不要迷了路才好。看这风雪有多大呀!我的眼睛全给迷住了。"

这个旋工唠唠叨叨,讲个不停。他信口讲下去,只求稍稍减轻点他那沉重的心情就好。他舌头上的话很多,然而他脑子里的想法和疑问却更多。冷不防,哀伤出其不意地抓住他,如今他再也不能清醒过来,恢复常态,冷静地思考了。他本来一直无忧无虑地生活着,仿佛处在醉后半醒半睡的状态中,既不知道哀伤,也不知道欢欣,现在心里却忽然生出剧烈的痛苦。这个逍遥自在的懒汉和酒徒发觉自己一转眼间成了忙人,满腔忧虑,心慌意乱,甚至在同自然界做斗争了。

这个旋工记得他的哀伤是从昨天晚上开始的。昨天晚上他回到家里,照例带着酒意,按照他的老习惯,开始骂街,摇拳头,可是他的老太婆却用以前从来没用过的眼光瞧了他一眼。往常,她那对老眼照例现出殉教者痛苦而又温顺的神情,就跟一条常常挨打而且吃不饱肚子的狗一样,可是现在她的目光却严峻而呆板,好比圣像上的圣徒或者垂死的人了。自从这对眼睛里有了古怪而不祥的神情后,哀伤就开始了。旋工吓呆了,就向邻居借来一匹劣马,如今把老太婆送到医院去,指望巴威尔·伊凡内奇会用药粉和药膏恢复老太婆以往的那种眼神。

"你,玛特辽娜,那个……"他唠叨说,"如果巴威尔·伊凡内奇问你我打过你没有,你就说:压根儿就没打过!往后我也不再打你了。我凭十字架起誓。再者我往常打你,难道是出于歹心?我想也没想,就随手打了你。我疼你。换了别人就不肯这么费劲,可是我就送你去……尽我的力。风雪好大,好大呀!主啊,这是你的旨意!只求上帝别叫咱们迷了路才好。……怎么样,你腰痛吗?玛特辽娜,你干吗不说话?我在问你:你腰痛吗?"

他感到奇怪,因为老太婆脸上的雪没有溶化。奇怪的是那张脸本身显得特别长,现出灰白而浑浊的蜡色,变得严峻和庄重。

"哼,真是傻瓜!"旋工嘟哝说,"我就像在上帝面前一样,跟你讲良心话……可是你,那个……哼,真是傻瓜!我干脆不把你送到巴威尔·伊凡内奇那儿去了!"

旋工放松缰绳,沉思不语。他不敢回过头去看他的老太婆:他害怕!他问她话,却没听到她回答,这也叫人害怕。最后,为要解开这个疑团,他没有回过头去看他的老太婆,光是摸一摸她那冰凉的手。他拉上来的那只手像鞭子似的掉下去了。

"那么她死了。糟糕!"

旋工哭了。他固然难过,可是更多的是懊丧。他想:这世界上,一切事情都进行得多么快啊!他的哀伤才刚刚开始,不料结局就到了。他没有来得及跟老太婆一块儿好好生活,向她表明心迹,怜惜她,她就已经死了。他跟她共同生活了四十年,可是真的,这四十年就像在大雾里那样过去了。只有酗酒、打人、贫困,根本没有感觉到是在生活。事与愿违,恰恰在他觉得他怜惜老太婆,缺了她就没法生活,觉得他在她面前有很多不是的时候,她偏偏死了。

"是啊,她常常沿街要饭!"他回想往事,"那是我自己打发她去向人家要饭的,糟糕!她,这个傻瓜,应该再活十年才对,要不然,她也许认为我真是那样的人了。无上神圣的圣母啊,我这是把雪橇赶到什么鬼地方去了?现在用不着医病,却要下葬了。往回走吧!"

旋工拨转马头往回走,用尽力量抽马。这条道路一个钟头比一个钟头难走。现在已经完全看不见马轭了。这辆雪橇偶尔撞在小枞树上,一个黑乎乎的什么东西抓伤了旋工的手,在他眼前闪过去,于是他的视野里又只有旋转不停的白茫茫一片了。

"再从头生活一次就好了……"旋工暗自想道。

他回忆四十年前玛特辽娜年轻,漂亮,快活,出身于富裕人家。他们把她嫁给他,是因为看中他的手艺。好生活的一切条件都有了,然而不幸的是,他一行完婚礼,就喝醉了,一头倒在灶台上,从那以后似乎就没有醒过,直到现在。婚礼他是记得的,可是婚礼以后发生过什么事,就是打死他,他也记不起来了,也许只想得起喝酒,躺倒,打架。四十年就这么白白过去了。

白茫茫的雪雾渐渐变成灰白色。天黑下来了。

"我往哪儿走啊?"旋工突然醒悟过来,"应该去下葬,可是我却往医院走。……就像疯了似的!"

旋工又拨转马头往回走,又扬鞭打马。那匹小母马使出浑身力气,喷着鼻子,一路小跑起来。旋工接二连三地抽它的背脊。……他身后响起一种磕碰声,他虽然没有回过头去看,却知道那是去世的女人的头撞响雪橇。空中越来越黑,风越来越大,天气越来越凛冽。……

"再从头生活一次就好了……"旋工暗想,"那我就要置备新工具,接受订货……把钱交给老太婆……对了!"

随后他把缰绳弄掉了。他找它,想把它拾起来,可是怎么也拾不起来。他的手不听使唤了。……

"那也没关系……"他想,"这匹马会自己走到的,它认得路。现在该睡一会儿。在下葬或者举行安魂祭以前,歇一会儿才好。"

旋工闭上眼睛,打盹儿。过了不大工夫他听见他的马站住了。他睁开眼睛,看见他面前有个乌黑的东西,类似农民的小木房或者草垛。……

他应该从雪橇上下去,了解一下到底是怎么回事,可是他周身那么酸懒,与其动弹,还不如挨冻的好。……他就平静地睡熟了。

等到他醒过来,他看见自己待在一个大房间里,四壁都粉刷过。明亮的阳光从窗外涌进来。旋工看见他面前有许多人,他头一件事就是想表现他自己是个稳重而且明白事理的人。

"该给老太婆办安魂祭了,乡亲们!"他说,"应当跟神甫说一声。……"

"好,行了,行了!你躺着吧!"一个什么人的说话声打断了他的话。

"哎呀!巴威尔·伊凡内奇!"旋工看见医生站在他面前,就惊讶地说,"老爷!恩人!"

他想跳下床,扑通一声在医生面前跪下,可是他觉得他的胳膊和腿都不听使唤。

"老爷!我的腿上哪儿去了?我的胳膊上哪儿去了?"

"你跟你的胳膊和腿告别吧。……冻坏了!得了,得了……你哭什么?你已经活了一辈子,谢天谢地吧!恐怕你有六十岁了吧,那你也够了!"

"我伤心啊!……老爷,真是伤心!您宽宏大量地饶恕我吧！能再活五六年才好。……"

"为什么？"

"那是人家的马，该还给人家。……要给老太婆下葬才成。……这个世界上一切事情发生得多么快啊！老爷！巴威尔·伊凡内奇！顶好的密纹桦木的烟盒！我给您旋个球。……"

医生摆一下手，从病室里走出去。旋工完了！

在 流 放 中

外号叫"精明人"的老谢苗和一个谁也不知道姓名的年轻鞑靼人坐在河岸上一堆篝火旁边,另外三个渡船工人待在小木房里。谢苗是个六十岁光景的老人,瘦伶伶的,牙齿脱落了,可是肩膀挺宽,仍旧很健康的样子,他已经喝得醉醺醺了。他早就应该去睡觉,可是他衣袋里还有半瓶酒,他深怕屋里的年轻人问他要酒喝。那个鞑靼人有病,没精神,把身上的破衣服裹得紧紧的,正在讲辛比尔斯克省多么好,他撇在家里的妻子多么漂亮,多么聪明。他年纪在二十五岁上下,不会超过这个岁数,现在衬着篝火的亮光,显得脸色苍白,露出哀伤的病容,看上去像是一个孩子。

"当然了,这儿不是天堂,"精明人说,"你自己也瞧得明白,这儿只有水啦,光秃秃的河岸啦,四下里的黏土啦,别的就没有了……复活节早就过去了,可是河面上还有冰,今天早晨还飘了雪呢。"

"坏!坏!"鞑靼人说,战兢兢地往四下里看。

大约十步开外流着乌黑的、冰凉的河水,汩汩地响,拍打着凸凹不平的黏土河岸,很快地向遥远的海洋流去。贴近这边河岸,有一个黑糊糊的东西,那是一只大驳船,渡船船夫管它叫做"大木船"。对岸远远的有些火光,一会儿灭了,一会儿又亮起来,像是小蛇在爬,这是人家在烧去年的草。蛇样的火光后面又是一片黑暗。可以听见不大的冰块撞在船边上的声音。天气潮湿、阴冷……

鞑靼人举眼看天空。星星跟在家乡看见的一样多,四下里也是一片漆黑,可是总还缺着点儿什么。在家乡,在辛比尔斯克省,星星完全不同,天空也不一样。

"坏!坏!"他反复说着。

"你会过惯的!"精明人说,笑了,"现在你还年轻,傻气,你嘴唇上的奶还没干,你凭你那股傻劲儿觉着天下再没有比你不幸的人了,可是将来总有一天你会对自己说:'只求上帝叫大家都过着这样的生活才好。'你瞧瞧我。过一个星期,大水退下去,我们就要在这儿摆下渡船。你们要到西伯利亚各处飘荡,我呢,却留在这儿,从这边河岸划到那边河岸。我白天晚上来来去去,照这样过了二十二年。梭鱼和鳟鱼在水底下,我在水上头。谢天谢地。我什么也不要。只求上帝叫大家都过着这样的生活才好。"

鞑靼人往篝火上添些干枝子,向火跟前凑近一点儿,躺下来说:

"我父亲是个多病的人。等他死了,我的母亲和妻子就要到这儿来了。她们答应过的。"

"你要母亲和妻子来干什么?"精明人问,"这简直是傻气,老弟。这是魔鬼迷了你的心窍。滚它的,魔鬼!你千万听不得他的话,那该死的东西。别让他得势。他拿那些女人来逗你,那你就顶他,说:'我不稀罕!'他拿自由来逗你,那你就咬住牙,对他说:'我不稀罕!'我什么也不要!不要爹娘,不要老婆,不要自由,这个也不要,那个也不要!我什么也不要,滚它妈的!"

精明人拿出酒瓶来,喝了一口酒,接着说:

"老弟,我不是普通的农民,不是粗人出身,而是教堂助祭的儿子。当初我没流放的时候住在库尔斯克,老是穿着礼服,现在呢,我却把自己磨练到这个地步,能够光着身子躺在地上大吃青草了。只求上帝叫大家都过着这样的生活才好。我什么也不要,什么人也不怕。照我瞧起来,谁也不及我阔绰,谁也不及我自由。他们把我从俄罗斯送到这儿来,我从头一天起就咬住了牙:我什么也不要!魔鬼拿我的老婆,拿我的亲人,拿自由来逗我,可是我对他说:'我什么也不要!'

我打定了主意,所以你瞧,我过得挺好,我不抱怨。谁要是对魔鬼让一让步,听了他的话,哪怕只有一回,那就完了,这人就没救了:他陷进泥潭,灭了顶,休想爬出来了。不但像你们这样糊涂的庄稼汉会完蛋,就连老爷们,受过教育的人,也一样。大约十五年以前,他们从俄罗斯押来一位老爷。他没跟自己的兄弟平分家业,却把遗嘱假造了一下。据人家说,他是个公爵或者男爵,可是也许只不过是个当官儿的,谁知道呢?好,这位老爷到了这儿,头一件事就是在穆霍尔季斯科耶给自己买下一所房子和一块地。'我要靠我自己的劳动来过活,'他说,'我要劳累得满脸出汗,因为我现在不是老爷,'他说,'而是移民了。''嗯,'我说,'求上帝保佑您,那是好事。'当时他还是个青年,忙忙碌碌,十分操心,他往往亲手收割,打鱼,还能骑着马跑上六十俄里的路。不过,就是有一件事糟糕:打头一年起,他就骑马上格里诺邮局去取信。他总是站在我的渡船上叹气:'唉,谢苗,不知什么缘故家里很久没有给我汇钱来了!''您用不着钱,瓦西里·谢尔盖伊奇,'我说,'您要钱有什么用?您把过去丢开,忘掉,仿佛根本没有过,仿佛只是一场梦,您重新过活好了。别听魔鬼的话,'我说,'他不会给您带什么好处来,他会把您拉到绝路上去。现在您想要钱,'我说,'可是过不了多久,瞧着吧,您就想要别的了,随后越要越多。要是您打算要您自己幸福,'我说,'顶要紧的是什么也不要。对了……要是,'我对他说,'命运真要是狠心地欺负您跟我,那就不必跟它求情,对它叩头,而要看不起它,笑它。要不然它就会笑您。'我就是这样跟他说的……大约两年以后,我把他渡到这边岸上来,他搓着手,尽笑。'我现在到格里诺去接我的妻子,'他说,'她可怜我,'他说,'她就来了。我那个人儿啊,她心多好,多善。'他乐得气也透不出来了。过了一天,他带着他妻子一块儿来了。那是一个年轻漂亮的太太,戴着帽子,怀里抱着一个小女孩。各式各样的行李,一大堆。我那个瓦西里·谢尔盖伊奇在她身边忙个不停。他的眼睛一会儿也离不开她,把她夸来夸去总也夸不够。'对了,谢苗老兄,哪怕在西伯利亚,人也活得下去!''哼,好吧,'我想,'用不了多久你就乐不下去了。'从那时候起他差不多每个星期都到格里诺去打听从俄罗斯汇钱来没有。他要花许许多多的钱。'她为我留在西伯利亚,断送自己的青春和美丽,'他说,'跟我一块儿共患难,所以,'他说,'我应当让她过得尽量快活才对……'为了让那位太太高兴,他就跟当官的和各式各样的坏蛋来往。当然,他得供那伙人吃喝,还得有一架钢琴,长沙发上也总得有一条毛蓬蓬的叭儿狗才成,活见鬼!……总之,奢华,娇宠。那位太太却没跟他住多久。她怎么住得下去呢?黏土啦,河水啦,寒冷啦,要蔬菜没有蔬菜,要水果没有水果。周围全是些无知无识的人和醉醺醺的人,没一点礼节,她呢,却是生长在大城里娇生惯养的太太……当然她闷得慌。再说她丈夫,不管你怎么说吧,现在可已经不是老爷,而是移民,不那么体面了。我记得,大概三年以后在圣母升天节前夜,有人在对岸叫喊。我划着渡船过去。我这一瞧不要紧,原来是那位太太,穿得严严实实,跟一位年轻的老爷,是个当官儿的,一块儿来了。还有一辆由三匹马拉着的雪橇……我把他们渡到这边岸上,他们坐上雪橇,一阵风似的走了!一转眼他们就没影儿了。将近早晨,瓦西里·谢尔盖伊奇赶着一辆双马雪橇,飞跑到渡口来。'我妻子跟一位戴眼镜的老爷走过这儿没有,谢苗?''过去了,'我说,'您上野地里追风去吧!'他飞跑着,追他们去了。他连追了五天五夜。后来我把他渡到对岸去,他往渡船上一扑,拿脑袋撞船板,哇哇地哭。'本来就会闹成这个样子嘛。'我说。我笑了,还拿话点他:'哪怕在西伯利亚,人也活得下去哟!'他就越发使劲地撞脑袋了……随后,他就开始巴望自由。他妻子到俄罗斯去了,当然他一心要上那儿去看她,把她从情人手里夺回来。他呀,老弟,差不多天天骑着马飞跑,要么上邮局去,要么进城去找长官。他老是把呈文递上去,求他们怜恤他,放他回家乡。他说光是给他们打电报,他就花了两百来个卢布。他卖掉他的土地,把房子押给一个犹太人了。他头发花白,背也驼了,脸色姜黄,跟痨病鬼一样……要是他跟你说话,他就发出'唏哩——唏哩——唏哩'的声音……眼睛里一泡眼泪。他照这么递呈文,足足苦恼了八年,可是现在他又活了,又高兴了:他迷上了另外一样东西。你猜怎么着,他的女儿长大了。他瞧着她,他疼她。她呢,说实在的,也真不错:长得挺好看,眉毛黑黑的,性情活泼。每到星期日他总是跟她一块儿骑着马上格里诺的教堂去。他俩总是并排站在渡船上,她笑,他呢,眼睛一会儿也离不开她。'对了,谢苗,'他说,'哪怕在西伯利亚,人也活得下去。就连在西伯利亚也有幸福。瞧,'他说,'我有一个多么好的女儿!大概周围一千俄里以内,你休想找着另外一个像她这样的人。''您的女儿不错,'我说,'的确,这是实话。……'可是我心里说:'等着瞧吧……这妞儿正年轻,她的血流得正欢,她要生活,可是这儿过的是什么样的生活？'她果然苦恼了,老弟……她蔫下去,蔫下去,憔悴了,病了,现在她站都站不住了。她害了痨病。这就叫西伯利亚的幸福,见它的鬼！这就叫人在西伯利亚也活得下去……他老是骑上马去找这个大夫,找那个大夫,把他们带回家去。他只要听说二三百俄里开外有个大夫或者巫师,马上就坐车去找。为了请大夫,他花了好多的钱哟！要依我说,他还不如把那些钱打酒喝了的好……她反正是要死了。她一定会死的,那他可就完了。他会伤心得上吊,要不然就逃回俄罗斯去,那是一定的。他跑掉,人家抓住他,于是他受审,罚苦役,他就要尝尝鞭子的味道了……"

"好,好。"鞑靼人嘟哝着,冷得缩起身子。

"什么事好？"精明人问。

"妻子,女儿……苦役算什么,伤心算什么,反正他看见妻子,看见女儿了……你说,什么也不要！可是什么也不要,坏！他妻子跟他一起住了三年,那是上帝赐给他的恩典。什么也不要,坏；可是三年,好。你怎么不懂呢?"

鞑靼人浑身发抖,费劲地挑选他知道得很少的俄国话,结结巴巴地说是求上帝别让人在外乡生病,死掉,埋在又冷又黑的土地里才好,又说只要他妻子上他这儿来一天,哪怕只来一个钟头,那他也情愿为这种幸福受任什么样的苦,而且感谢上帝。一天的幸福总比什么也没有强啊。

后来他又说他把一个多么美丽聪明的妻子丢在家里了。然后他双手抱住头,哭起来,向谢苗担保说他什么罪也没犯过,他在冤枉地受苦。他的两个哥哥和一个叔叔抢走一个农民的几匹马,把那个老头打得半死,村社审判不公,下了一个判决,把三弟兄一齐流放到西伯利亚来,叔叔是有钱的人,倒留在家里了。

"你会过惯的!"谢苗说。

鞑靼人一声不响,用沾着泪痕的眼睛呆望着火。他的脸上现出迷茫和恐惧,仿佛仍旧不懂他为什么跑到这儿来,生活在黑暗和潮湿里,在生人旁边,而不是在辛比尔斯克省。精明人在火旁边躺下去,不知为了什么缘故冷笑一声,低声哼起歌来。

"她跟她爸爸在一块儿有什么乐子呢?"过了不大的工夫,他说,"他爱她,他得到了安慰,这话不错,可是,老弟,对他可得小心,他是个严格的老头子,厉害的老头子。年轻的小妞儿却不要严格……她要温存,要哈哈哈,荷荷荷,要香水和头油。对了……唉,事情不妙哟!"谢苗叹口气,笨重地站起来,"酒全喝完了,所以到睡觉的时候了。怎么样? 我要走了,老弟……"

剩下自己孤单单一个人,鞑靼人就再添点干枝子,躺下去,呆望着火,开始想他自己的故乡和他的妻子。要是他妻子能来住上一个月,哪怕住上一天,那多好。随后,要是她想回去,再让她回去好了! 来住一个月,哪怕只住一天,也总比什么都没有强。可是万一他妻子真照她应许过的那样来了,他拿什么养活她呢? 在这种地方,她住到哪儿去呢?

"要是没有东西吃,那怎么活得下去?"鞑靼人大声问。

他现在摇一昼夜的船,他们才给他十个戈比。不错,过路的人赏茶钱、酒钱,可是他那些同伙私下把收来的钱全分光了,一个也不给鞑靼人,反而笑他。他穷得挨饿,受冻,害怕……现在,他周身酸痛,发抖,本来应该到小木房里去躺下睡觉才对,可是他在那边没有被子盖,比在河岸上还要冷。这儿他也没有被子盖,可是他至少还可以烧起火来……

再过一个星期,大水完全退了,他们安排好摆渡的时候,除了谢苗以外,所有的渡船工人都用不着了。鞑靼人就得从这个村子走到那个村子,哀求施舍,找活儿干。他妻子才十七岁;她好看,娇气,腼腆。难道她能不戴面纱,从这个村子走到那个村子去讨饭?不行,这种事就连想一想都是可怕的……

天已经亮起来,驳船、水上的河柳丛和浪花都现出清清楚楚的轮廓。要是回头看,那边是黏土的高坡,坡底下有一个用深棕色麦秆铺成房顶的小屋,高一点的地方,村子里的农舍挤在一块儿。公鸡已经在村子里喔喔地啼起来了。

红褐色的黏土坡、驳船、河流、心眼不好的生人、饥饿、寒冷、疾病,也许这都不是真实的吧。鞑靼人暗想:这多半只是一场梦。他觉得自己在睡觉,还听见了自己的鼾声……当然,他是在辛比尔斯克省的家里,他只要叫一声他妻子的名字,包管她会答应。他母亲就在隔壁房间里……可是,天下有多么可怕的梦呀!为什么要有这种梦呢?鞑靼人微微笑着,睁开眼睛。这是什么河,伏尔加吗?

天在下雪。

"要渡船啊!"对岸有人叫喊,"船啊!"

鞑靼人醒来,去叫醒他的伙伴,把船划到对岸去。渡船工人走到河岸上来,一面走,一面穿上他们的破羊皮袄,用带着睡意的沙哑嗓音骂街,冻得缩起身子。他们刚从睡梦中醒过来,河面上飘来一股刺骨的寒气,他们分明觉着这条河又可恶又可怕。他们不慌不忙地跳上大木船……鞑靼人和那三个渡船工人拿起宽叶的长桨,在黑暗中看上去那些长桨像是螃蟹的螯。谢苗把肚子压着很长的船舵。对岸的喊声仍旧没停,还放了两枪,大概以为渡船工人睡熟了,或者到村子里的小酒馆去了。

"得了吧,忙什么!"精明人用深信这个世界上什么事都不必着急,反正到头来总是一场空的那种人的口气说。

粗笨沉重的驳船离开河岸,在河柳丛中飘浮过去,只有从那慢慢向后退去的河柳才看得出驳船不是停在原地方,而是在动。渡船工人们匀称地合着拍子划桨。精明人用肚子压着船舵,他的身子在空中画了一道圆弧,从这边翻到那边去了。在黑暗中看上去,倒好像那些人坐在一种生着长爪子的上古动物身上,骑着它走过人有时候在噩梦中才会看见的那种寒冷荒漠的地方似的。

他们出了河柳丛,飘到空旷的水面上。对岸已经可以听见船桨的嘎吱嘎吱声和匀称的溅水声,就叫道:"赶快!赶快!"又过了大约十分钟,驳船沉重地撞在登陆的渡口上。

"天老是下个没完,天老是下个没完!"谢苗嘟哝着,擦掉脸上的雪,"这些雪都是打哪儿来的,只有上帝才知道!"

河岸上站着一个身材不高的瘦老头子,穿一件短狐皮袄,戴一顶白羔皮帽子。他站在离马不远的地方,一动也不动。他现出阴郁的、心事重重的神情,仿佛在极力回想什么事,对他自己的不中用的记性很生气似的。谢苗走到他面前,脱掉帽子,现出笑脸,那人就说:

"我要赶到阿纳斯塔西耶夫卡去。我女儿又病重了。据说阿纳斯塔西耶夫卡有一位新派来的医师。"

他们把马车拖上驳船,划回去。谢苗称之为瓦西里·谢尔盖伊奇的那个人,在大家划船的时候始终站在那儿不动,抿紧厚嘴唇,瞪着眼睛发愣。车夫请求他允许在他面前抽烟,他也没答话,好像没听见似的。谢

苗用肚子压住船舵,讥诮地瞧着他,说:

"哪怕在西伯利亚,人也活得下去。活得下去哟!"

精明人脸上现出得意的神情,好像他证实了一件事,好像由于事情的结局不出所料而高兴似的。那个穿短狐皮袄的男子的狼狈不幸的样子分明招得他十分快活。

"现在坐车,路上尽是烂泥,瓦西里·谢尔盖伊奇,"他说,这时候马在岸上又套好车子了,"您应该过两个星期再去,到那时候路就干一点儿了。要不然,索性不去也罢……要是您跑一趟路,真会有什么好处,倒也罢了,可是您自己也知道,坐上车子成年累月地跑,白天晚上地跑,到头来一点用处也没有。这是实实在在的!"

瓦西里·谢尔盖伊奇一句话也没说,赏了酒钱,坐上车子走了。

"瞧,他又跑去请医生了!"谢苗说,冷得缩起脖子,"可是要想请真正的好医生,那就跟到田野上去追风,要抓住魔鬼的尾巴一样,滚它妈的!好一个怪人,主啊,宽恕我这个罪人吧!"

鞑靼人走到精明人面前,带着痛恨和憎恶瞧着他,周身发抖,用不连贯的、夹着鞑靼话的俄国话说:"他好……好,你坏!你坏!老爷是好人,很好,你是畜生,你坏!老爷是活人,你,死尸……上帝创造人,是要人活,要人高兴,要人伤心,要人忧愁,可是你,什么也不要,所以你,不是活人,是石头,泥土!石头才什么都不要,你也什么都不要……你是石头,上帝不爱你,爱老爷!"

大家都笑起来。鞑靼人轻蔑地皱起眉头,摇了摇手,把身上的破衣服裹一裹紧,走到篝火那儿去。渡船工人们跟谢苗慢步走回小屋里去。

"天真冷!"有一个渡船工人哑声哑气地说。潮湿的土地上铺着麦秸,他躺下去,伸直身体。

"对了,真不暖和!"另一个人同意道,"这日子真是活受罪！……"

大家躺下睡觉。门给风刮开了。雪飘进屋里来。谁也没心起来关门：他们怕冷，而且懒得爬起来。

"我挺好！"谢苗说，他快要睡着了，"只求上帝叫大家都过着这样的生活才好。"

"你是个结实的汉子，谁都知道。连魔鬼都不来抓你。"

外面传来狗嗥一样的声音。

"这是什么声音？是谁在那儿？"

"这是那个鞑靼人在哭。"

"嘿！……真是个怪人！"

"他早晚会过惯的！"谢苗说，立刻就睡着了。

另外几个人也很快就睡着了。门始终也没有关。

泥　　潭

一

一个年轻的男人穿着雪白的军官制服,身子在马鞍上潇洒地摇晃着,走进"莫·叶·罗特施泰因继承人"酿酒厂的大院子。太阳无忧无虑地朝着中尉的小星章微笑,朝着桦树的白树干微笑,朝着院子里东一堆西一堆的碎玻璃微笑。万物都带着夏天白昼那种明亮而健康的美,任什么东西都拦不住绿油油的嫩叶快活地颤抖,跟晴朗的蓝天互相映眼。就连砖房那经烟熏过的肮脏外貌和杂醇油那令人窒息的气味也没有破坏到处存在的美好情调。中尉快活地翻身下马,把马交给一个跑过来的仆人,伸出手指摩挲着他稀疏的黑唇髭,走进正房的前门。他走上一道旧楼梯,那儿光线明亮,铺着地毯。他在最高一个梯级上遇见一个使女,年纪已经不轻,神情有点傲慢。中尉默默地把名片递给她。

使女拿着名片走进内室,看到名片上印着"亚历山大·格利果利耶维奇·索科尔斯基"几个字。过了一忽儿,她走回来,对中尉说,小姐不能接待他,因为身体不大好。索科尔斯基举目望着天花板,努出下嘴唇。

"这真伤脑筋!"他说,"听着,亲爱的,"他急急忙忙讲道,"请您再去一趟,对苏萨娜·莫伊塞耶芙娜说,我很需要跟她谈一谈。很需要!我只耽搁她一分钟。请她原谅我。"

使女只耸了耸一个肩膀,然后懒洋洋地走去见女主人。

"好吧!"她过了不久走回来,叹口气说,"请进!"

中尉跟在她身后,穿过五六个陈设华丽的大房间,经过一条长过道,终于走进一个宽敞的四方形房间。他一走进房间,就不由得暗暗吃惊,因为那儿摆着极多的花卉,茉莉花的甜香浓得令人恶心。沿墙的篱形支架上长满了花,枝叶遮蔽窗户,而且从天花板上倒挂下来,各个墙角也爬满枝叶,弄得这个房间与其说是住人的地方,倒不如说像个花房。山雀、金丝雀、金翅雀吱吱地叫,在绿叶中间跳来跳去,撞在窗玻璃上。

"请原谅我在这儿接待您!"中尉听见一个女人清脆的说话声,字母 P 的声音读得含混不清①,却又好听,"昨天我的偏头痛发作了,今天我怕再发作,就极力不动弹。您有什么贵干?"

原来有个女人坐在正对门口的一把老年人用的大圈椅上,头往后靠在枕头上,穿着贵重的中国式长睡

---

① 指犹太人口音(她的姓名也表明她是犹太人)。

衣,包着头。从她那针织的毛线头巾里只露出一只大而且黑的眼睛和一个白净的长鼻子,鼻梁略微拱起,鼻端很尖。肥大的长睡衣遮住了她的身材和体态,不过凭她美丽的白手,凭她的说话声,凭她的鼻子和眼睛却可以断定她的年纪至多不过二十六岁到二十八岁。

"请原谅我这样固执地要求见您……"中尉把两个靴跟并拢行礼,马刺碰出当的一响,开口讲道,"我荣幸地介绍我自己,我姓索科尔斯基!我是受我表哥的嘱托到这儿来的,他就是您的邻居阿历克塞·伊凡诺维奇·克留科夫,他……"

"啊,我认得他!"苏萨娜·莫伊塞耶芙娜打断他的话说,"我认得克留科夫。请坐,我不喜欢这么大的一个人立在我面前。"

"我表哥嘱托我要求您帮一下忙,"中尉再一次把马刺碰响,坐下,继续说,"事情是这样,您去世的父亲去年冬天在我表哥那儿买过燕麦,欠下他一笔不大的款项。表哥拿到的借据要到下个星期才到期,不过表哥恳切地请求您:这笔账能不能今天就还清?"

中尉说着话,斜起眼睛往两旁瞟一眼。

"是啊,我好像是在她的卧室里吧?"他暗想。

这个房间有个角落,绿叶最密最高,那儿放着一张床,支着棺罩般的粉红色帐子,床上被子凌乱,还没收拾整齐。床旁有两把圈椅,上面堆着揉成一团的女人衣服,衣襟和袖子滚着花边和皱边,如今已经揉乱,垂到地毯上。地毯上东一处西一处地乱丢着白色的小带子、两三个烟蒂、夹心糖果的包皮纸。……床底下露出一长排尖头和圆头的各色拖鞋。中尉觉得甜腻的茉莉花香气似乎不是从花里而是从床上和那排拖鞋上发散出来的。

"那么借据上开着多少钱呢?"苏萨娜·莫伊塞耶芙娜问。

"两千三。"

"嘿!"犹太女人说着,把另一只又大又黑的眼睛也露出来了,"您居然说这笔款项不多呢!不过,今天付清也罢,过一个星期付清也罢,反正都一样,可是我父亲死后,这两个月当中,我付出去那么多的钱……碰到那么多的麻烦事,闹得我头都昏了!我一再要求到国外去休养,可是他们硬逼我干这些无聊的事。什么白酒啦,燕麦啦……"她抱怨道,微微闭上眼睛,"燕麦啦,借据啦,利息啦,或者用我的大总管的说法,'利吉'啦。……这真可怕。昨天我干脆把收税员轰走了。他带着他的特拉列斯①来找我纠缠。我就对他说:您跟您的特拉列斯一齐滚蛋吧,我什么人也不接待!他吻了吻我的手,就走了。您听我说,您的表哥不能再等两三个月吗?"

"这个问题提得太残忍了!"中尉笑道,"表哥倒是再等一年也没关系,可是我等不及了!要知道,这笔钱,我得向您说明,是为我自己张罗的。我无论如何非弄到一笔钱不可,可是表哥手边,偏偏不巧,一个闲钱

---

① "特拉列斯"是一种确定酒中的酒精含量的器具,由德国物理学家特拉列斯发明。——俄文本编者注

也没有。我不得不骑着马出来收债。刚才我到一个租他地的农民家里去过,现在呢,在您这儿坐着,我从您这儿出去还要到别处去,直到收齐五千为止。我急等着钱用!"

"得了吧,年轻人要钱干什么用呢?这是邪心思,瞎胡闹。您吃喝玩乐落下了亏空,或是欠下了赌债,还是要结婚?"

"您猜中了!"中尉笑道,略微欠起身子,磕响马刺,"的确,我就要结婚了。……"

苏萨娜·莫伊塞耶芙娜定睛瞧着客人,做出一脸的苦相,叹口气。

"我不明白,人为什么热衷于结婚!"她说着,在自己身旁寻找手绢,"生命这样短促,自由这样稀少,可是他们偏偏还要捆住自己的手脚。"

"各人有各人的看法。……"

"对,对,当然,各人有各人的看法。……不过,您听我说,莫非您娶的是个穷姑娘?是出于热烈的爱情吗？而且为什么您一定要五千,而不是四千,不是三千呢？"

"嘿,她可真够贫嘴的!"中尉暗想,然后回答说:

"事情是这样:军官依法不能在二十八岁以前结婚。如果一定要结婚,那就要么退役,要么上缴五千保证金。"

"啊,现在我懂了。您听着,刚才您说各人有各人的看法。……也许您的未婚妻是个了不起的、出色的女人,不过……我简直不懂正派人怎么能跟女人一块儿生活。您即使把我杀了,我也不懂。谢天谢地,我已经活了二十七岁,可是生平一次也没见过一个勉强说得过去的女人。她们都是些装腔作势的、不道德的、说假话的家伙。……只有使女和厨娘我还受得了,至于所谓上流女人,哪怕离我有大炮射程那么远,我也不容许。是啊,谢天谢地,她们也恨我,不到我这儿来。如果她们要钱,就打发她们的丈夫来,自己说什么也不来。这倒不是因为骄傲,不是的,不过是胆小罢了,生怕我跟她们大闹一场。啊,她们那种忌恨,我了解得很清楚!当然了!她们有些心思极力瞒住上帝和外人,我却把它们公开摆出来。既是这样,她们哪能不恨我呢?她们跟您谈起我,多半已经说了一大车坏话了。……"

"我来此地还不太久,所以……"

"得了,得了,得了……我凭您的眼神已经看出来了!莫非您到这儿来,您的表嫂就没向您交代过什么话?让年轻的男人跑到这么糟糕的女人这儿来而不预先警告几句,那怎么行呢?哈哈。……不过,怎么样,您的表哥好吗?他是个挺好的人,长得真漂亮。……我望弥撒的时候见过他几次。您为什么这样瞧着我?我经常到教堂去的!大家都信一个上帝嘛。对受过教育的人来说,外貌总不及思想重要。……对不对?"

"是的,当然……"中尉说,微微一笑。

"是啊,思想。……不过您长得完全不像您的表哥。您也漂亮,可是您的表哥还要漂亮得多。说来也怪,怎么就不大像呢!"

"这并不奇怪:我们不是亲兄弟,而是表兄弟。"

"对,这是实话。那么您今天一定要这笔钱?为什么非今天不可呢?"

"我的假期过几天就满了。"

"哦,拿您有什么办法呢!"苏萨娜·莫伊塞耶芙娜叹道,"那就这样吧,我给您钱就是,不过我知道,日后您会骂我的。等到婚后您跟妻子吵起架来,就会说:'要不是那个邋遢的犹太女人给我钱,那我现在也许自由得像只鸟呢!'您的未婚妻好看吗?"

"是的,挺不错的。……"

"嗯!……反正长得像样点,漂亮点,总比不漂亮强。不过,对丈夫来说,女人长得再漂亮也弥补不了她的浅薄无聊。"

"这就奇了!"中尉笑道,"您自己是女人,却又这么恨女人!"

"女人……"苏萨娜冷笑道,"上帝给我这么一个躯壳,难道也能怪我?这可不能怪我,就跟您长着唇髭也不能怪您一样。该选什么样的提琴盒,那是不能由提琴自己做主的。我倒很喜欢我自己,不过每逢人家提起我是女人,我就开始恨我自己了。好,您出去一下,我要换衣服。您在客厅里等我吧。"

中尉走出去,头一件事就是深深地呼出一口气,好吐尽茉莉花的浓香,这种香气已经熏得他脑袋发晕、喉咙发痒了。他暗暗吃惊。

"多么奇怪的女人啊!"他暗想,往四下里看,"她讲话倒是蛮有条理的,可是……话未免太多,也说得太敞了。她好像有点精神不正常。"

他此刻站在客厅里。这儿陈设阔绰,力求华丽而时髦。这儿有刻着浮雕的深色铜盘,桌上有尼斯①和莱茵河的风景画片。另外还有古式的烛架、日本的小塑像。可是所有这些摆设,尽管追求豪华和时髦,却反

---

① 法国疗养地。

歌 女 集

而显得缺乏美感,那些涂金的墙檐、花花绿绿的壁纸、鲜艳的丝绒桌布、沉重的镜框里镶着的低劣彩色画片都强烈地显出这一点。这儿似乎还没有布置完毕,却已经过于拥挤,这就进一步表现了美感的缺乏,使人觉得这儿好像还少一点什么,同时又有许多东西应当丢掉。显而易见,全部陈设并不是一次买齐,而是趁着减价出售的有利时机,东一件西一件地拼凑起来的。

中尉自己的审美能力也不怎么高明!可是连他都发觉全部陈设具有一种典型的特点,不论是华丽还是时髦都不能将它消除,那特点就是完全缺乏女性操持家务的手留下的痕迹,可是那样的手,大家都知道,是会给房间的布置添上温暖、诗意、舒适的色彩的。这儿的气氛冷冰冰,就跟车站候车室、俱乐部、剧院休息室里一样。

真正犹太人的东西,这个房间里几乎一样也没有,也许只有一大幅描绘雅各和以扫[①]相会的画应当除

---

① 《旧约·创世记》中的两个传说性人物,是犹太人的祖先。

外。中尉往四下里看一眼,想到他的奇怪的新相识,想到她随随便便的态度和讲话的方式,就耸了耸肩膀。可是这时候房门敞开,她本人在房门口出现了,身材苗条,穿着长长的黑色连衣裙,腰部勒得很细,仿佛是由旋工旋出来的。现在中尉不单看见鼻子和眼睛,而且看见一张又白又瘦的脸和一头像羊毛那么卷曲的黑发。他虽然并不觉得她难看,可还是不喜欢她。一般说来,他对非俄罗斯人的脸形是抱着成见的,现在呢,除此以外,他还发现女主人那张白脸跟她的黑色鬈发和浓眉很不相称,白得使他不知怎的想起茉莉花的甜香。他还发现她的耳朵和鼻子白得出奇,像是死人脸上的,或者像是用透明的蜡捏成的。她微微一笑,露出一口白牙以及发白的牙床,这也惹得他不喜欢。

"这是萎黄症①……"他暗想,"大概她神经质,跟母火鸡似的。"

---

① 妇女的贫血症。

"喏,我来了!我们走吧!"她说着,很快地在他前面走去,一路上摘掉花枝上的黄叶,"我马上就给您钱,要是您愿意的话,我还要请您吃早饭呢。两千三百卢布!发了这么一笔大财,您吃起饭来胃口就开了。您喜欢我的房间吗?此地的太太们说,我这儿有大蒜味。她们那些小聪明都用在这种厨房式的刻薄话上了。我要赶紧向您保证,就连我的地窖里也没存着大蒜。有一回一个医生来看我,冒出一股大蒜味,我就请他拿起帽子,坐上马车到别的地方去发散他的香气。我这儿没有大蒜味,只有药味。我父亲瘫痪了一年半,弄得整个房子里都是药味。一年半啊!我怜惜他,不过他死了,我也高兴:他太痛苦了!"

她领着军官穿过两个类似客厅的房间,再穿过一个大厅,在她的书房里停住脚。那儿搁着一张女人用的写字台,上面放满小摆设。旁边地毯上丢着几本翻开的和折着书页的书。书房里有个不大的门,从那儿望出去可以看见一张桌子,上面已经摆好早饭。

苏萨娜不住嘴地唠叨着,从衣袋里取出一串小钥匙,打开一个做得精巧的柜子,柜顶的盖子是斜着往下弯的。盖子掀开的时候,柜子就呜呜响,发出悲凉的音调,使得中尉想起了风吹琴①。苏萨娜另拿一把钥匙,又发出咔嗒一响。

"我家里有地道,有暗门,"她说着,取出一个不大的上等山羊皮皮包,"这柜子挺可笑,是不是?这个皮包里装着我四分之一的家产呢。您瞧,它的肚子鼓得多么大!您总不会把我掐死吧?"

苏萨娜抬起眼睛瞧着中尉,好意地笑起来。中尉也笑了。

"她真招人喜欢!"他暗想,看着那些钥匙在她的手指头当中转来转去。

"找着了!"她挑出开皮包的小钥匙,说,"好,债主先生,请您把借据拿出来。实际上金钱是多么无聊的

---

① 一种因风吹而响的乐器。

东西!它多么渺不足道,可是话说回来,女人又多么爱它呀!您要知道,我是个彻头彻尾的犹太人,满心喜欢希穆尔和杨凯尔①,不过我们闪族人的血液里却有一种东西惹得我厌恶,那就是发财的热望。他们总是攒钱,自己也不知道攒钱是为了什么。人应当生活和享乐,他们却生怕多花一个小钱。在这方面与其说我像希穆尔,倒不如说像骠骑兵。我不喜欢让钱放在一个地方长久不动。一般说来,似乎我不大像犹太人。我的口音弄得我完全露出了马脚吧,啊?"

"该怎么跟您说好呢?"中尉支吾道,"您俄国话讲得很好,不过有个别字母念不清。"

苏萨娜笑起来,把小钥匙塞进皮包的锁眼里。中尉从衣袋里取出一小叠借据来,连同笔记本一齐放在桌子上。

"犹太人的口音最容易使他们露马脚,"苏萨娜接

---

① 两个犹太人的名字,在此泛指"犹太人"。

着说,快活地瞧着中尉,"不管犹太人怎么冒充俄国人或者法国人,可是您要他说'布',他却说成'白'。……可是我咬字很准:布!布!布!"

两个人都笑起来。

"天呐,她可真招人喜欢!"索科尔斯基暗想。

苏萨娜把皮包放在椅子上,往中尉那边跨出一步,把脸挨近他的脸,快活地继续说:

"除犹太人以外,我最喜欢的莫过于俄国人和法国人了。我在中学里学得很差,对历史一窍不通,不过我总觉得世界的命运就在这两个民族手里。我在国外住过很久……就连在马德里也住过半年……人见得多了,我就得出一种信念:除了俄国人和法国人以外,再也没有一个像样的民族了。您就拿语言来说吧。……德语像马嘶,英语呢,您再也没法想象还有比它更难懂的了,满口的叽里呱啦!意大利语只有讲得慢才好听。不过,要是听意大利人饶舌,那就跟听犹太人说土话差不多。波兰语吗?我的上帝,主啊!再也没有比波兰语更难听的了。'涅彼普希,彼特谢,彼普谢木威普沙,包莫热希普谢彼彼希特斯威普沙彼普谢木。'这意思是说:彼得,别把胡椒粉撒在乳猪上,要不然乳猪就太辣了。哈哈哈!"

苏萨娜·莫伊塞耶芙娜转动眼珠,笑起来,声音那么好听,那么感染人,招得中尉瞧着她,也快活得扬声大笑。她抓住客人的一个纽扣,继续说:

"您,当然,不喜欢犹太人。……我不打算争论,他们的缺点是很多的,就跟一切民族一样。不过,这难道能怪犹太人吗?不,这不能怪犹太男人,要怪犹太女人!她们头脑不开窍,贪得无厌,一点诗情也没有,枯燥无味。……您从来也没有跟犹太女人一块儿生活过,不知道其中的妙处哟!"

最后这句话苏萨娜·莫伊塞耶芙娜是拖着长音说出口的,已经不那么热烈,也没带笑声了。她沉默下来,像是给自己的坦率吓坏了似的。她忽然脸相大变,样子奇怪,不可理解了。她的眼睛一眨也不眨,呆望着中尉,嘴唇嘻开,露出咬紧的牙齿。她整个脸上,脖子上,以至胸脯上,有一种凶恶的、猫一般的神情在颤动。她眼睛没有离开客人,身体却很快地往旁边弯过去,猛一下,像猫似的,抓走了桌子上一个什么东西。这一切只是几秒钟的事。中尉注意她的行动,一眼看见她那五个手指头正把他的借据团在手里,那张沙沙响的白纸在他眼前闪一下就消失在她的拳头里了。从好意的欢笑一变而为犯罪,这种急剧而不寻常的转变,弄得他大吃一惊,不由得脸色煞白,后退一步。……

她没让惊恐和试探的眼睛离开他,同时把捏紧的拳头伸到她的臀部去,寻找衣袋。那只拳头像一条被捉住的鱼似的颤动,在衣袋附近挣扎,无论如何也没法伸进袋口。再过一会儿,借据就会落进女人衣服的深处去了,可是这当儿中尉轻轻喊叫一声,与其说是出于考虑,不如说是出于本能,一把抓住犹太女人的手腕,正好掐住捏紧的拳头上面一部分。那女人越发龇出牙来,用尽全力猛一扭动,把手挣脱了。于是索科尔斯基伸出一条胳膊搂紧她的腰,另一条胳膊抱住她的上身,两个人开始角斗。他怕伤着女人的体面,又怕碰痛她,就光是极力不让她动,想抓住她那只捏着借据的拳头。她呢,像鳗鱼似的,在他怀里扭动她那柔软而富有弹性的肉体,极力抽身躲开,用胳膊肘撞他的胸膛,伸手抓挠他,闹得他的手碰遍她的全身,不由自主地撞痛她,顾不得她的体面了。

"这种事真少见!多么奇怪啊!"他暗想,惊讶得莫名其妙,简直不相信自己了,同时他又全身心感到茉莉花的香气熏得他要呕。

他们一言不发,呼呼地喘气,脚下绊着家具,从这个地方移到那个地方。苏萨娜越斗越起劲。她涨红脸,闭上眼睛,有一次甚至不顾体统,把脸贴紧中尉的脸,在他的嘴唇上留下了淡淡的甜味。最后他总算抓住了她的拳头。……他掰开拳头,却发现借据已经不在,才放开了犹太女人。他们红着脸,头发蓬松,呼吸急促,互相瞧着。犹太女人脸上那种猫一般的凶恶神情渐渐换成好意的笑容。她哈哈大笑,猛地往后一转身,朝准备好早饭的房间走去。中尉慢腾腾地跟在她身后。她在桌旁坐下,仍然红着脸,呼吸急促,喝下半杯波尔特温酒①。

"您听我说,"中尉打破沉默说,"我想,您是在闹着玩吧?"

"根本就不是闹着玩。"她回答说,把一小块面包塞进嘴里。

"嗯!……那么请问,这件事该怎么理解呢?"

"随您的便。坐下吃早饭吧!"

"可是……要知道这不正派!"

"也许吧。不过请您不必费心给我讲大道理。我对事情自有我的看法。"

"您不还给我吗?"

"当然不!如果您是个穷人,遭遇不幸,饿着肚

---

① 一种烈性的葡萄酒。

子,那倒是另外一回事了,可是您却是要结婚!"

"可是这钱并不是我的,而是我表哥的!"

"您的表哥要钱干什么用?给老婆做时髦的衣服?您的嫂子①有衣服也罢,没有衣服也罢,我完全不放在心上。"

中尉再也顾不到他是在生人家里,跟一个不相识的女人在一起,他不再拘礼了。他满房间走来走去,眯细眼睛,烦躁地拉扯他的坎肩。犹太女人干出不正派的事,在他的眼睛里降低了身份,因此他觉得胆大多了,也随便多了。

"鬼才知道是怎么回事!"他喃喃地说,"您听我说,我不拿到您手里的借据就不离开这儿!"

"啊,那更好!"苏萨娜笑道,"您索性在这儿住下,我倒更快活呢。"

中尉给那场角斗弄得精神兴奋,瞧着苏萨娜笑眯

---

① 原文为法语。

眯的、不知羞耻的脸，瞧着她那张嚼吃食的嘴，瞧着她由于喘气而大起大伏的胸脯，越来越胆大、放肆了。他不再想借据，却不知什么缘故，带着一种贪婪的心情，回想他表哥给他讲过的这个犹太女人的风流事，她那肆无忌惮的生活方式，这些回忆只能使他更加放肆。他干脆在犹太女人身旁坐下，不再想借据，开始吃饭。……

"您喝白酒还是葡萄酒？"苏萨娜笑呵呵地问，"那么您留下来等借据了？可怜的人啊，为了等借据，您得在我这儿度过多少个白昼和夜晚啊！您的未婚妻不会见怪吗？"

二

五个钟头过去了。中尉的表哥阿历克塞·伊凡诺维奇·克留科夫穿着长袍，趿着拖鞋，在自己庄园上各处房间里走来走去，着急地瞧着窗外。他是个又高又壮的男人,蓄着一大把黑胡子,相貌英俊,那个犹太女人说得不错,他很漂亮,其实他已经到了男人往往身子发胖,皮肉松弛,头顶光秃的年龄。论气质和智慧,他恰好是我们知识界为数众多的那种人:诚恳,温和,有教养,对科学、艺术、信仰都不陌生,对荣誉有最崇高的观念,然而思想不深刻,懒懒散散。他喜欢吃好菜,喝好酒,是个理想的牌手,善于品评女人和马,可是在其他方面他却无动于衷,跟海豹一样。要使他脱离这种逍遥自在的状态,就必得发生一件不同寻常而且非常令人愤慨的事,那时候,他就会忘掉世上的一切,表现得极其活跃:大声嚷着要决斗,给大臣写出七张纸的呈文,快马加鞭跑遍全县,当众骂人"混蛋",打官司,等等。

"怎么我们的萨沙①到这时候还没回来?"他瞧瞧窗外,问他妻子说,"这不,都该吃中饭了。"

---

① 亚历山大的爱称。

克留科夫一家人等着中尉,一直到六点钟才坐下来吃中饭。傍晚,临到要开晚饭,阿历克塞·伊凡诺维奇听着脚步声,听着敲门声,不住耸肩膀。

"奇怪!"他说,"这个可恶的大少爷多半耽搁在佃户家里了。"

晚饭后,克留科夫上床睡觉,干脆断定中尉在佃户家里作客,痛饮了一番,就留在那里过夜了。

亚历山大·格利果利耶维奇直到第二天早晨才回到家里来。他的模样极其狼狈,垂头丧气。

"我要单独跟你谈一谈……"他鬼鬼祟祟地对表哥说。

他们走进书房。中尉扣上房门,没开口讲话,却先在房间里走来走去,走了很久。

"出了一件怪事,老兄,"他开口说,"我都不知道该怎么跟你说好了。你不会相信的。……"

他就吞吞吐吐,涨红了脸,眼睛没看表哥,把借据的事讲了一遍。克留科夫叉开腿,低下头听着,皱起眉头。

"你这是说笑话吧?"他问。

"哪是说笑话?谁还有心思说笑话!"

"我不懂!"克留科夫喃喃地说,涨红脸,摊开手,"从你这方面来说,这简直是……不道德。那个骚娘们儿当着你的面干出鬼才知道的事,犯下刑事罪,做出下流的勾当,可是你倒凑上去跟她亲嘴!"

"可是连我自己也不明白怎么会这样!"中尉小声说,负疚地眨着眼,"老实说,我真不明白!我有生以来还是头一次碰上这么一个怪物!她降伏我,不是凭美貌,也不是凭聪明,而是,你知道,凭老脸皮,无耻。……"

"老脸皮,无耻。……你也太不嫌肮脏了!你真要是这么喜欢老脸皮和无耻,那你就索性从泥地里拉出一头猪来,把它活生生地吞下肚去!那样至少破费不多,可是,现在呢,两千三啊!"

"看你说得这么不堪入耳!"中尉皱着眉头说,"我以后还给你两千三就是!"

"我知道你会还,可是问题难道是在钱上?滚它的吧,那些钱!惹我生气的是你这么草包,窝囊……该死的懦弱!你还是未婚夫呢!居然有了未婚妻!"

"可是你少提这些……"中尉涨红脸说,"现在连我自己都厌恶我自己。我巴不得钻进地缝里去才好。……我满心厌恶和懊丧:现在我为那五千只好去麻烦姑母了。……"

克留科夫怒气不息,唠叨很久,然后平下气来,在沙发上坐下,开始嘲笑表弟。

"好一个中尉!"他说,声调里带着鄙夷的讥诮,"好一个未婚夫!"

忽然,他像给蛇咬了一口似的跳起来,顿一下脚,满房间跑来跑去。

"不,这件事我不能就这么放过去不管!"他晃着拳头,开口说,"我要把借据收回来!非收回来不可!我要给她点厉害看看!一般说来,男人不兴打女人,可是我要把她打得遍体鳞伤……叫她一块好肉也剩不下！我可不是什么中尉！老脸皮和无耻打动不了我的心。不行,见她的鬼！米希卡,"他叫道,"你跑去吩咐一声,替我把那辆轻便马车套上快马！"

克留科夫很快地穿上外衣,不听忧心忡忡的中尉的劝,坐上马车,果断地挥一下手,直奔苏萨娜·莫伊塞耶芙娜家去了。中尉久久地望着窗外,瞧见克留科夫的马车后面卷起滚滚的烟尘,就伸个懒腰,打个呵欠,走回自己的房间。过了一刻钟他就睡熟了。

五点多钟,有人叫醒他去吃中饭。

"阿历克塞可真好！"表嫂在饭厅里迎着他说,"他逼得大家都等他,没法吃中饭！"

"莫非他还没回来？"中尉打着呵欠说,"嗯……大概到佃户家里去了。"

可是临到开晚饭,阿历克塞·伊凡诺维奇还是没回来。他的妻子和索科尔斯基断定他在佃户家里打纸牌入了迷,多半就在那儿过夜了。其实,所发生的事跟他们推测的全然不同。

克留科夫第二天早晨才回来,跟谁也没打招呼,一言不发,径自溜到他的书房里去了。

"哦,怎么样?"中尉睁大眼睛瞧着他,小声说。

克留科夫摇一下手,鼻子里哼一声。

"可是怎么了?你笑什么?"

克留科夫倒在长沙发上,把头塞到靠垫底下,极力忍住大笑,不由得全身发抖。过了一分钟他坐起来,用笑得流出泪水的眼睛瞧着惊讶的中尉,开口说:

"你把门关上。嘿,这娘们儿可真行啊,我跟你说!"

"借据拿回来了吗?"

克留科夫挥一下手,又哈哈大笑。

"嘿,这娘们儿可真行!"他接着说,"老弟,能认识这样的女人倒要道一声谢谢①呢!她是个穿着裙子的

---

① 原文为法语。

魔鬼。我到了她家,走进去,你知道,活像朱庇特,连我自己都害怕自己……皱着眉头,满脸怒容,为了显得威风些,甚至捏紧了拳头。……我说:'太太,跟我可开不得玩笑!'照这样说了一套。我搬出法院和省长来吓唬她。……她先是哭,说她是跟你闹着玩的,甚至把我领到柜子跟前去,要还我钱,后来口口声声说欧洲的前途掌握在俄国人和法国人手里,而且痛骂女人。……我也跟你一样听得入了迷,我这头蠢驴。……她称赞我长得漂亮,拍拍我的胳膊,就在靠近肩膀的那个地方,看我到底有多么结实,于是……于是,你看得明白,我现在刚从她那儿出来。……哈哈。……她倒挺喜欢你呢!"

"好一个娃娃!"中尉笑道,"居然是个成了家的上流人呢。……怎么,害羞了?厌恶了?不过,老兄,不是说笑话,你们这个县里倒有个塔玛拉女王[①]

---

① 12世纪格鲁吉亚的女王,以美貌和残酷闻名。——俄文本编者注

呢。……"

"何止是我们县里?你走遍全俄国也找不着另外这样一条变色龙①!我有生以来从没见过这样的女人,其实我跟女人打交道要算是个行家了。我简直跟巫婆都勾搭过,可就是没见过这样的女人。她确实凭老脸皮和无耻降伏人。讲到她吸引人之处,那就是急剧的转变、颜色的转换,那就是该诅咒的瞬息万变。……呸!借据全完了。没有指望了。我俩都是大罪人,我们的罪应该分担才对。我认为你不是欠我两千三,只欠一半。当心啊,你要跟我妻子说我到佃户家里去了。"

克留科夫和中尉把头塞到靠垫底下,开始大笑。他们抬起头,四目相视,然后倒在靠垫上了。

"好一个未婚夫!"克留科夫讥诮道,"好一个中尉!"

---

① 蜥蜴的一种,善于很快地转变皮肤的颜色以适应四周的环境。

"好一个有妇之夫!"索科尔斯基回嘴说,"好一个上流人!还是一家之长呢!"

吃中饭的时候,他们讲了些隐语,互相挤眉弄眼,屡次用食巾捂住嘴笑,惹得一家人暗暗吃惊。饭后,他们心绪仍然非常好,扮成土耳其人,手拿武器互相追逐,给孩子们表演打仗。傍晚他们争论很久。中尉口口声声说,收妻子的陪嫁钱,甚至在双方热烈相爱的情形下,也是下流而卑鄙的。克留科夫却伸出拳头捶着桌子说,这是荒谬,凡是不愿意妻子有财产的丈夫,都是利己主义者和暴君。两个人大嚷大叫,拍桌子瞪眼,谁也不想了解谁,灌下不少的酒,临了各自提起各自的长袍底襟,回到各自的卧室去了。他们不久就睡熟,而且睡得很香。

生活仍然照先前那样平稳、懒散、无忧无虑地流过去。阴影铺满大地,云端响起隆隆的雷声,偶尔大风悲凉地哀号,仿佛想证明大自然也能哭泣似的。可是任什么东西也不能惊扰这些人习以为常的安宁。关于苏萨娜·莫伊塞耶芙娜,关于借据,他们都绝口不提了。不知怎的,两个人都不好意思大声谈论这件事。不过这件事他们心里都记得,一想起来就高兴,仿佛偶然间,生活出人意外地为他们演了一出新奇的闹剧,到了老年回忆起来也会觉得愉快。……

克留科夫在会晤犹太女人以后第六天或者第七天早晨,坐在自己的书房里,给姑母写一封贺信。亚历山大·格利果利耶维奇默默地在桌旁踱来踱去。中尉夜里睡得不好,醒来心绪恶劣,这时候感到烦闷无聊。他走来走去,想着假期就要满了,未婚妻在等她,想着人们永生永世住在乡下怎么会不闷得慌。他在窗前站住,久久地瞧着树木,一连吸了三支纸烟,忽然回转身来对他的表哥讲话。

"我有一件事想求你,阿辽沙①,"他说,"今天你借一匹马给我骑一下。……"

---

① 阿历克塞的爱称。

克留科夫瞧着他,眼光里露出寻根究底的神情,然后皱起眉头,继续写信。

"那么你借给我了?"中尉问。

克留科夫又瞧着他,然后慢腾腾地拉开书桌抽屉,从那儿取出一大卷钞票,交给表弟。

"这是五千……"他说,"虽然这钱不是我的,不过求上帝保佑你,那也没关系。我劝你马上派人去叫驿车来,动身走掉吧。真的!"

这回轮到中尉寻根究底地瞅着克留科夫了。他忽然笑起来。

"你倒真猜中了,阿辽沙,"他说,脸红了,"我本来确实想去找她。昨天傍晚洗衣女工把我那次穿过的该死的军服交给我,军服上还带着茉莉花的香气,我……我就想去找她!"

"你该动身走了。"

"是的,确实该走了。顺便说一句,我的假期也已经满了。真的,今天我就动身。我当着上帝说,一定走!不管住多久,到头来总还是得走。……我要动身了!"

当天中饭前,驿车叫来了。中尉就跟克留科夫一家人告别,他们祝他一路平安,他就动身走了。

又一个星期过去了。这天天色阴霾,然而又热又闷。从凌晨起克留科夫就漫无目的地在各处房间里走来走去,瞧着窗外,或者翻阅早已看厌的照片簿。他一瞥见妻子或者儿女,就生气地嘟嘟哝哝。这一天,不知什么缘故,他总觉得孩子们一举一动都惹人讨厌,妻子管教仆人不严,开支超过收入。这一切都表明"老爷"心绪不佳。

临到吃中饭,他对汤和烤菜一概不满意,饭后吩咐套上那辆轻便马车。他慢腾腾地坐上去,出了院子,缓缓地走出四分之一俄里,然后停住了。

"要不要去……去找那个魔鬼?"他瞧着阴霾的天空暗想。

克留科夫甚至笑起来,仿佛那一天他还是第一次向自己提出这个问题似的。他顿时感到心里的烦闷消散,懒散的眼睛里闪出快活的光芒。他扬鞭打马。……

一路上,他的想象力描绘着犹太女人见到他会多么诧异,他怎样笑,怎样谈天,然后又怎样精神焕发地回到家里。……

"每个月都该做一次……不平常的事来提一提神,"他暗想,"那样的事要能在停滞的机体里产生很厉害的震动……引起反应才行。……哪怕是痛饮一番,哪怕是……找苏萨娜也未尝不可。不这样是不行的。"

他的马车驶进酿酒厂的院子里,天色已经黑了。从厂主的房屋那些敞开的窗口传出笑声和歌声:

比闪电还亮,比火焰还烫。……①

----

① 引自俄国作曲家格林卡的抒情歌曲《致莫里》,歌词系俄国作家库柯里尼克所作。——俄文本编者注

一个有力而深沉的男低音唱道。

"哎呀,她家里有客人!"克留科夫暗想。

他想到她有客而怏怏不快。"要回去吗?"他摸到门铃,暗想,可是他仍旧拉了一下,登上那道熟悉的楼梯。他走到前厅,往大厅里看一眼。那儿大约有五个男人,都是他熟识的地主和文官。有一个又高又瘦的男人坐在钢琴旁边,用长手指按着琴键,嘴里在唱歌。其余的都在听,高兴得龇出牙来。克留科夫照了照镜子,正要走进大厅,这时候,苏萨娜·莫伊塞耶芙娜本人轻飘飘地走进前厅来了,她兴高采烈,身上仍旧穿着那件黑连衣裙。……她见到克留科夫,一刹那间呆住了,随后却快活得叫起来,眉开眼笑。

"是您吗?"她说,抓住他的手,"多么意想不到啊!"

"啊,她来了!"克留科夫说,微微一笑,搂住她的腰,"那么,怎么样?欧洲的命运还掌握在俄国人和法国人手里吗?"

"我真高兴!"犹太女人笑道,小心地推开他的胳膊,"喏,您到大厅里去吧。那儿都是熟人。……我去吩咐一声给您送茶来。您的名字是叫阿历克塞吧?好,请进,我马上就来。……"

她举起手,对他做了个飞吻的手势,就从前厅跑出去,身后留下了那种甜得发腻的茉莉花香气。克留科夫抬起头来,走进大厅。他跟所有那些在大厅里的人都熟识,然而他只略微向他们点点头,他们对他也略微点头作为回答,仿佛他们相逢的地点不成体统,或者他们心里有了默契:对他们来说还是装得互不相识比较妥当。

克留科夫穿过这个大厅走进一个客厅,再从那儿走进另一个客厅。一路上他碰见三四个客人,也是熟识的,然而他们似乎没认出他来。他们脸上带着醉意,神态快活。阿历克塞·伊凡诺维奇斜起眼睛瞧着他们,心里纳闷,不懂这些成了家的、体面的人受过穷,吃过苦,怎么会自甘堕落,竟然以这种可怜的无聊事为乐！他耸动肩膀，微微笑着，往前走去。

"有些地方清醒的人觉得恶心，"他想，"可是喝醉的人却喜欢得不得了。我记得我去看小歌剧，听茨冈姑娘唱歌，没有一回是清醒着去的。酒能使人的心软下来，于是安心干坏事了。……"

忽然，他停住脚，像在地里生了根似的，伸出两只手去扶住门框。原来中尉亚历山大·格利果利耶维奇正坐在苏萨娜的书房里写字台旁边。他在跟一个肥胖而皮肉松弛的犹太男人小声谈天，见到表哥来了，就一下子涨红脸，低下眼睛去看照相簿。

在克留科夫心里，正派人的感觉猛地一动，血涌上了他的头。他又惊又羞又气，心乱如麻，沉默地走到写字台附近。索科尔斯基把头垂得越发低了。他感到羞愧难当，脸容大变。……

"哦，是你来了，阿辽沙！"他说，极力抬起眼睛，微笑一下，"我原是顺便到这儿来告别的，可是，你瞧……明天我一定要动身走了！"

歌　女　集

"唉,我能跟他说什么呢? 说什么呢?"阿历克塞·伊凡诺维奇想,"既然我自己也来了,怎么配骂他?"

他就一句话也没说,光是嗽了嗽喉咙,慢慢地走出去。

不要说她是天仙,不要叫她离开人间。……①

男低音在大厅里唱道。过了不久,克留科夫的轻便马车在尘土飞扬的大路上辘辘地响着。

---

① 引自俄国作曲家格林卡所作的抒情歌曲,歌词系尼·费·巴甫洛夫所写。——俄文本编者注

药房老板娘

某小城一共只有两三条弯曲的街道,这时候已经沉入无法惊醒的睡乡。空气停滞,万籁俱寂。只有远处,大概是城外,有一条狗用沙哑无力的男高音不住吠叫。不久就要破晓了。

一切都早已睡熟。只有本城药房的老板娘,药剂师切尔诺莫尔吉克的年轻妻子没有睡着。她已经躺下过三次,可是怎么也睡不着,不知是什么缘故。她在敞开的窗子跟前坐着,只穿着衬衫,眼睛望着街道。她感到气闷,无聊,烦恼……烦恼得甚至想哭一场,至于这究竟是什么缘故,她也始终不明白。她胸中好像堵着一团什么东西,不时涌到喉头来。……后边,离药房老板娘几步开外,切尔诺莫尔吉克本人蜷起身子贴着墙,鼾声大起。一只贪婪的跳蚤在叮他的鼻梁,可是他全无感觉,甚至微微地笑,因为他梦见似乎全城的人都在咳嗽,陆续不断地到他这儿来买丹麦国王牌药水。现在,不论是拿针扎他也罢,开炮轰他也罢,对他温存也罢,都休想惊醒他了。

这家药房差不多坐落在城边上,因此药房老板娘可以远远地眺望田野。……她瞧见东方天边渐渐泛白,后来又转成紫红,仿佛起了大火似的。出人意外,远处灌木丛后面爬上来一个宽脸膛的大月亮。她脸色发红(一般说来,月亮从灌木丛后面爬上来,不知什么缘故,总是非常怕羞的)。

突然,在夜晚的寂静中,响起了什么人的脚步声和马刺的磕碰声。传来了说话声。

"这是军官们从县警察局长家里出来,回营房去。"药房老板娘暗想。

过了不多一会儿,出现了两个人影,穿着军官的白色上衣:一个又大又胖,另一个比较瘦小。……他们懒懒散散,沿着围墙一步一步地磨蹭,大声谈什么事。到药房跟前,两个人走得越发慢了,眼睛瞧着窗子。

"这儿有药房的气味……"瘦子说,"果然是药房!啊,我想起来了。……上星期我到这儿来过,买蓖麻子油。这儿有个药房老板,一脸的哭丧相,生着驴下巴。喏,老兄,那下巴像这个样子!参孙一定就是用这样的东西打死非列士人的①。"

"嗯,是啊……"胖子用男低音说,"药剂师睡了!老板娘也睡了。这儿的老板娘,奥勃捷索夫,生得倒挺俊的呢。"

"我见过。我很喜欢她。……您说说看,大夫,莫非她能爱上这个驴下巴?莫非能有这样的事?"

---

① 按基督教传说,大力士参孙用一块驴腮骨打死一千个非列士人,见《旧约·士师记》。

"是啊,多半她不爱他,"军医官叹道,从他的口气听来,倒好像他为药房老板难过似的,"如今那个小女人在窗子里睡熟了!奥勃捷索夫,不是吗?她热得摊开了四肢……小嘴微微张开……一条小腿从床上耷拉下来。也许药房老板这个蠢货一点也不懂得这种福分。……大概在他眼里,女人也罢,一瓶石碳酸也罢,全都一样!"

"您猜怎么着,大夫?"军官停住脚说,"我们索性走进药房去买点什么!说不定我们会见到药房老板娘的。"

"您想到哪儿去了:深更半夜的!"

"那有什么关系?他们就是在夜里本来也有义务卖药。亲爱的,咱们进去吧!"

"那也好。……"

药房老板娘正躲在窗帘里,这时候听见沙哑的门铃声响了。她回过头去看一眼丈夫,他仍然睡得很熟,微微笑着。她就披上衣服,光脚穿上拖鞋,跑到药房的店堂里去。

玻璃门外现出两个阴影。……药房老板娘捻亮灯里的火苗,赶紧走到门口去开门,她再也不感到无聊,再也不觉得烦恼,再也不想哭了,只是她的心跳得厉害。胖医官和瘦奥勃捷索夫走进门来。现在可以看清他们的模样了。大肚子医生肤色发黑,留着大胡子,动作不爽利。他只要稍稍一动,他的军服上衣就发出像要裂开那样的声响,他的脸上冒出汗来。另一个军官却脸色红润,没有唇髭,面貌像女人那样秀气,灵活得好比一根英国马鞭。

"您要买什么?"药房老板娘问他们说,抓住自己胸前的衣服。

"您给拿点……呃呃呃……十五戈比的薄荷药片!"

药房老板娘不慌不忙地从货架上取下一个药罐来,开始过秤。两个顾客瞅着她的后背,眼皮也不眨一下。军医官眯细眼睛,活像一只吃饱的猫,中尉却很严肃。

"我头一次看见女人在药房里做生意。"军医官说。

"这没有什么特别的……"药房老板娘回答说,斜起眼睛瞟了瞟奥勃捷索夫红润的脸,"我的丈夫没有助手,我素来帮着他干活。"

"哦。……你们这个小药房倒挺可爱的!这儿有多少各式各样的……药罐啊!您在这些毒药当中转来转去就不害怕?哎呀呀!"

药房老板娘包好药片,交给军医官。奥勃捷索夫给她十五戈比。在沉默中过了半分钟。……两个男人面面相觑,向门口迈出一步,随后又面面相觑。

"您给拿十戈比的苏打!"军医官说。

药房老板娘又懒散无力地移步,往货架上伸出手去。

"这儿,药房里,有没有那种……"奥勃捷索夫活动着手指头,喃喃地说,"那么一种,您知道,打比方说,一种提神的液体……碳酸矿泉水什么的?您这儿有碳酸矿泉水吗?"

"有。"药房老板娘回答说。

"好哇!您不光是女人,简直算得是仙女了。您给我们拿三瓶来!"

药房老板娘匆匆地把苏打包好,消失在门外的黑暗里。

"好一个鲜果!"医生挤了挤眼睛说,"像这样的菠萝,奥勃捷索夫,哪怕在马德拉岛①上都找不着呢。啊?您觉得如何?不过……您听见鼾声吗?这就是药房老板先生在安寝纳福呢。"

过一分钟,药房老板娘回来了,在柜台上放下五个瓶子。她刚到地下室里去了一趟,因此脸色发红,神态有点兴奋。

"嘘……轻一点,"奥勃捷索夫在她拔瓶塞而失手

---

① 在大西洋,属葡萄牙。

把螺旋拔塞器掉在地下的时候说,"别弄得这么响,会把您丈夫惊醒的。"

"咦,就算把他惊醒了,那又有什么关系?"

"他睡得那么香……一定梦见您了。……为您的健康干一杯!"

"再者,"军医官用男低音说,喝完矿泉水而不住打嗝,"丈夫总是乏味的家伙,要是他能永远睡觉,那就算他做对了。哎,这矿泉水里要是加上点红葡萄酒就好了。"

"亏您想得出来!"药房老板娘笑着说。

"那才妙呢! 可惜药房不卖酒! 不过……你们本来就应当把酒当药卖。您有法国红葡萄酒①吗?"

"有。"

"啊啊! 您给我们拿来! 见它的鬼,您把它弄来吧!"

---

① 原文为拉丁语。

"您要多少?"

"足量①!……您先给我们的矿泉水里倒上一盎司②,然后我们再看。……奥勃捷索夫,如何? 先喝矿泉水,然后再自身③。……"

医生和奥勃捷索夫靠着柜台坐下,脱掉帽子,开始喝红葡萄酒。

"可是这葡萄酒,必须承认,糟糕透了! 坏葡萄酒④。不过呢,有……呃呃呃……在场,它可就像是琼浆玉液了。您太迷人了,太太! 我心里在吻您的小手呢。"

"我宁可付出很高的代价,只求不光是在心里吻您的小手!"奥勃捷索夫说,"我凭人格担保! 我情愿献出我的生命!"

---

① 原文为拉丁语,意谓"多拿点来"。
② 盎司,此处指旧俄药量单位,1 盎司等于 29.86 克。
③ 原文为拉丁语,意谓"喝酒"。
④ 原文为拉丁语。

"您别这么说了……"切尔诺莫尔吉克太太说,涨红了脸,做出严肃的面容。

"嘿,您可真会卖俏!"军医官轻声笑道,皱起眉头,调皮地瞧着她,"您的小眼睛像是在开枪!劈!啪!我祝贺您:您胜利了!我们都甘拜下风了!"

药房老板娘瞧着他们红彤彤的脸,听着他们饶舌,不久她自己也活泼起来。啊,她简直心花怒放了!她也插嘴谈话,哈哈大笑,卖弄风情,甚至经不住顾客们再三请求,也喝了两盎司的红葡萄酒。

"你们这些军官应该常常从营房到城里来才对,"她说,"要不然这儿冷清极了。我简直要闷死了。"

"可不是!"军医官做出吃惊的样子说,"这么样的菠萝……大自然的奇迹,却丢在穷乡僻壤!格利鲍耶陀夫说得好:'到穷乡僻壤去!到萨拉托夫去!'①不过我们也该走了。能跟您认识很高兴……非常高兴!我

---

① 引自俄国剧作家格利鲍耶陀夫的剧本《智慧的痛苦》。——俄文本编者注

们该付多少钱?"

药房老板娘抬起眼睛瞧着天花板,久久地努动嘴唇。

"十二卢布四十八戈比!"她说。

奥勃捷索夫从口袋里取出一个大钱夹,在一叠钞票里翻了很久,把账付清了。

"您的丈夫睡得很香……在做梦呢……"他临行握着药房老板娘的手,唠叨说。

"我不喜欢听蠢话。……"

"这怎么会是蠢话呢?正好相反,这完全不是蠢话。……连莎士比亚都说过:'谁年轻的时候年轻,谁就有福。'①"

"放开我的手!"

最后,两个顾客说了很久的话,吻了药房老板娘的手,这才游移不定地走出药房,仿佛在思索有什么东西

---

① 出自普希金的诗体小说《叶甫盖尼·奥涅金》。——俄文本编者注

忘在这儿似的。

她赶快跑回寝室去,在原来的窗边坐下。她看见军医官和中尉从药房出来,懒洋洋地走出大约二十步,然后站住,开始小声说话。他们在谈什么呢?她的心怦怦地跳着,两鬓也跳动,至于这是为什么,她自己也不知道。……她的心跳得厉害,倒好像在那边小声说话的两个人正在决定她的命运似的。

过了五分钟光景,军医官跟奥勃捷索夫分手,独自往前走去,奥勃捷索夫却走回来了。他走过药房门前一次,又一次。……他时而在门口站住,时而又迈步走开。……最后门铃小心地响了。

"什么?是谁?"药房老板娘忽然听见她丈夫的说话声。"那儿在拉铃,你却没听见!"药房老板厉声说道,"真不像话!"

他下了床,穿上家常长袍,半睡半醒,身子摇摇晃晃,趿拉着拖鞋,走到店堂里去了。

"您……要买什么?"他问奥勃捷索夫。

"给我……给我十五戈比的薄荷药片。"

药房老板呼哧呼哧不住喘气,打呵欠,一边走路一边打瞌睡,膝盖撞在柜台上,摸到货架那儿,取下药罐来。……

过了两分钟,药房老板娘看见奥勃捷索夫从药房里出来,走了几步,把薄荷药片丢在尘土飞扬的路上。从街角那边,军医官迎着他走过来。……两个人聚在一起,指手画脚地议论着,消失在清晨的迷雾里了。

"我多么不幸啊!"药房老板娘说着,愤恨地瞧着她丈夫,这时候他正很快地脱掉衣服,又躺下睡觉。"啊,我多么不幸呀!"她又说一遍,忽然淌下了辛酸的眼泪,"而且谁也不知道,谁也不知道。……"

"我把十五戈比忘在柜台上了,"药房老板喃喃地说,盖上被子,"劳驾,把它收在桌子抽屉里。……"

说完,他立刻睡着了。

昂贵的课业

对一个受过教育的人来说,不懂外语是很不方便的。沃罗托夫在大学毕业、得到学士学位、着手做一点小小的学术工作的时候,痛切地体会到这一点。

"这真要命!"他喘着气说(尽管他才二十六岁,他却发胖,笨重,有气喘病了),"这真要命!我不懂外语,就好比鸟儿缺了翅膀。这个工作还不如索性丢开不干的好。"

他决定无论如何非克制他那种天生的懒惰,学习法语和德语不可,于是他开始物色教师。

冬天的一个中午,沃罗托夫正坐在书房里工作,仆人来通报说,有一位年轻的小姐要见他。

"请她进来。"沃罗托夫说。

随后就有一个服装考究、打扮入时的年轻小姐走进书房里来。她通报姓名说,她是法语教师阿丽萨·奥西波芙娜·安凯特,由沃罗托夫的一个朋友打发来的。

"很高兴!请坐!"沃罗托夫说,气有点喘,用手掌遮住他睡衣的领口(为了呼吸畅快点,他总是穿着睡衣工作),"是彼得·谢尔盖伊奇让您来找我的吗?对,对……我拜托过他。……很高兴!"

他一面跟安凯特小姐商谈正事,一面好奇而腼腆地瞧着她。她是个真正的法国女人,十分优雅,年纪还很轻。从她苍白娇弱的面容来看,从她短短的鬈发和瘦得反常的腰身来看,人可以估摸她的年纪不出十八岁;然而看一下她那发育良好的宽肩膀、好看的后背、严峻的眼睛,沃罗托夫又不由得暗想,她一定不在二十三岁以下,也许甚至有二十五岁了。不过后来,他却又觉得她只有十八岁。她脸色冷淡,正经,就跟到此地来商谈银钱方面的事情的人一样。她没有微笑过一回,也没有皱过一次眉头。只有一次,那是在她听说,她被请来不是教孩子读书,而是教一个胖胖的成年人的时候,她脸上才闪过迷茫的神情。

"那就这样吧!阿丽萨·奥西波芙娜,"沃罗托夫对她说,"我们每天傍晚上课,从七点钟起,到八点钟止。讲到您希望每上一次课收费一卢布,那我没有什么反对的意见。一卢布就一卢布好了。……"

此外,他还问起她想不想喝茶或者喝咖啡,外面天气好不好。他好意地微笑着,伸出手心摩挲着桌面上的粗呢,和气地打听她是干什么工作的,在哪个学校毕业,靠什么生活。

阿丽萨带着冷冰冰的正经神情回答他说,她是在一个私立女子寄宿学校毕业的,取得了当家庭教师的资格,她父亲不久前死于猩红热,她母亲还活着,以做假花为业。她,安凯特小姐,每天午饭前在一个私立的寄宿学校里工作,午饭后到傍晚为止到几个上流人家教课。

她走了,身后留下女人衣服上那种淡雅的香气。沃罗托夫事后很久没工作,一直坐在桌子旁边,用手心摩挲绿呢子,沉思着。

"看见一个姑娘靠工作生活是很愉快的,"他想,"另一方面,看见像阿丽萨·奥西波芙娜这样优雅而漂亮的姑娘也免不了受穷,也得为生存奋斗,那就很不愉快了。这真可悲!……"

他从来没有看见过品行端正的法国女人,因而又想:这个装束考究、生着发育良好的肩膀和过细的腰身的阿丽萨·奥西波芙娜,除了教课以外,多半还干别的事情吧。

第二天傍晚,时钟指到六点三刻,阿丽萨·奥西波芙娜来了,冻得脸色发红。她翻开随身带来的《马尔戈》①,

---

① 指大卫·马尔戈所编的法语教科书。——俄文本编者注

没有说任何开场白就开始教课说：

"法语有二十六个字母。第一个字母是A,第二个字母是B。……"

"对不起，"沃罗托夫笑着打断她的话，"我得预先对您声明一下，小姐，您给我讲课得略略改变您原来的方法才好。事情是这样的：我对俄语、拉丁语、希腊语都很熟悉……我还研究过比较语言学，我觉得我们不妨跳过《马尔戈》，直接从阅读某个著作家的一本书入手。"

他就对这个法国姑娘说明成年人大多怎样学习外国语。

"我有一个朋友，"他说，"他想学新的外语，就把法语的、德语的、拉丁语的《福音书》一齐放在面前，对照着读，同时仔细分析每个词。您猜怎么着？他还没满一年就达到目的了。我们也照这样做吧。我们拿一本著作来读。"

法国姑娘大惑不解地瞧着他。显然，沃罗托夫的建议,依她看来,十分天真和荒谬。如果这个奇怪的建议是由一个小孩子提出来的,那她一定会生气,责骂,然而眼前却是个很胖的成年人,她是不能对他斥责的,所以她光是微微耸一下肩膀,说:

"随您的便吧。"

沃罗托夫就去翻他的书橱,从那里取出一本破旧的法文书。

"这一本行吗?"他问。

"反正都一样。"

"既是这样,那就开始吧。求主保佑。从书名开始好了。……Mémoires。"

"回忆录……"安凯特小姐翻译道。

"回忆录……"沃罗托夫跟着说。

他好意地微笑,呼呼地喘息,为 mémoires 这个词花了一刻钟时间,为 de 这个词又花了同样多的时间,这就使得阿丽萨·奥西波芙娜疲惫不堪了。她有气无力地回答问题,常常说乱,显然不大明白她学生的意

思,而且也不想明白。沃罗托夫向她提出种种问题,同时瞧着她的淡黄色头发,心里暗想:

"她的头发不是天生卷曲的,是由她卷成那样的。奇怪!她一天到晚工作,居然还抽得出时间来卷头发。"

一到八点钟,她就站起来,死板而冷淡地说了句"再见,先生"①,就走出书房去了,身后又留下一股淡雅而又撩人的香气。她的学生又很久没有做什么事,坐在桌子旁边沉思。

在随后的那些日子里,他已经相信这个年轻的女教师是个可爱的、严肃的、一丝不苟的人,不过她学识差,不会教成年人;他就决定不再白费时间,跟她分手,另请教师了。等到她第七次到这儿来,他就从衣袋里拿出一个信封,里面装着七卢布,把信封捏在手里,很难为情地开口说:

---

① 原文为法语。

"对不起,阿丽萨·奥西波芙娜,我不得不对您说……我出于万分不得已。……"

法国姑娘一眼看见信封就猜出这是怎么回事,于是她的脸在她教课的这些天当中第一次颤抖起来,那种冷漠而正经的神情消失了。她脸色微微发红,低下眼睛,手指头烦躁地拨弄她那根很细的金表链。沃罗托夫看着她的慌张神色,明白一个卢布在她是多么宝贵,她失掉这个工作会多么难过。

"我不得不对您说……"他嘟哝说,越发难为情了,感到自己心里发紧。他连忙把信封塞进衣袋里,接着说:"对不起,我……我要出去十分钟。……"

他装出他根本没有辞退她的意思,只是请求她准许他出去一会儿罢了。他走到隔壁房间里,在那儿坐了十分钟,后来他走回来,却越发心慌了。他暗想她可能按她的看法来解释他为什么出去一会儿,他觉得很不自在。

她又开始教课。

沃罗托夫对于学习已经一点兴致也没有了。他知道这样听课不会得到什么益处,就索性让法国姑娘由着性儿去讲,什么问题也不向她提,也不再打断她的话。她按她的心意,一堂课翻译了十页,他呢,没有听课,只是呼呼地喘气,由于没有事可做,时而看她卷曲的头发,时而看她的脖子,时而看她娇嫩的白手,闻她衣服上的香气。……

他忽然发觉自己生出一些不好的念头,就不由得害臊,有时候,他又生出满腔温情,于是感到伤心和烦恼,因为她对他那么冷淡、死板,把他看成小学生,从来也不笑一笑,仿佛生怕无意中会碰她一下似的。他老是想:不知该怎样才能取得她对他的信任,怎样才能跟她亲近一些,然后帮助她,使她明白,这个可怜的人教课教得多么糟。

有一次阿丽萨·奥西波芙娜来教课,穿一件漂亮的粉红色连衣裙,胸口微露,身上散发出那么一种香气,他觉得她仿佛裹在云里,只要对她吹一口气,她就会飞上天空,或者像烟一样散开。她道歉,说她只能教半小时的课,因为她下课后要直接去参加舞会。

他瞧着她的脖子,瞧着脖子旁边裸露着的后背,这才觉得他明白了法国女人怎么会有容易堕落的轻佻女人的名声。他沉浸在香气、美艳、赤裸的云雾里,迷迷糊糊;而她呢,并不知道他在想些什么,大概对他的思想也毫无兴趣,迅速地翻着书页,以最快的速度翻译道:

"'他在街上走着遇见一位他熟悉的先生说您到哪儿去看您的脸色这么白我真难过。'"

那本《Mémoires》早已读完,现在阿丽萨翻译的是另一本书。有一次她早来一个钟头上课,道歉说七点钟她要到小剧院去。沃罗托夫下了课,把她送走后,自己也穿上外衣,到剧院去了。他自以为只是去休息一下,散一散心,脑子里根本没有想到阿丽萨。他不能承认一个严肃的、准备开创学术事业、懒于走动的人,仅仅为了要跟一个他不大熟识的、不聪明的、没有学问的姑娘会面就丢下正事不干,赶到剧院去。……

可是不知什么缘故,每到幕间休息时间,他的心就怦怦地跳,他身不由己,在休息室里和走廊上像孩子似的跑来跑去,着急地找某个人。每逢休息时间结束,他总觉得烦闷无聊。后来,他看到了那件熟识的粉红色连衣裙和蒙着一层透花纱的美丽肩膀,他的心就缩紧,仿佛预感到幸福来临了。他高兴地微笑着,生平第一次体验到嫉妒的感情。

阿丽萨跟两个难看的大学生和一个军官一块儿走着。她哈哈大笑,高声说话,分明在卖弄风情,沃罗托夫从没见过她像这个样子。看来,她幸福,满足,诚恳,热情。这是为什么?什么缘故呢?也许这是因为那些人跟她接近,是她那个圈子里的人吧。……沃罗托夫感到他和那个圈子中间隔着一道可怕的深渊。他对他的女教师行礼,可是她冷冷地对他点一下头,很快就走过去了。她分明不愿意让她的男同伴知道她有学生,知道她已经穷得教家馆了。

在剧院相逢后,沃罗托夫明白自己堕入情网了。……从此,每到上课时间,他总是定睛看着他那优雅的女教师,不再克制自己,由着性儿生出种种纯洁的和不纯洁的想法。阿丽萨·奥西波芙娜的脸仍旧冷冰冰,每天傍晚一到八点钟,总是平淡地说一声"再见,先生"①。他感到她对他漠不关心,日后也仍旧会漠不关心,他的处境是毫无希望的。

有的时候,在课间,他开始幻想,生出希望,定出计划,暗自盘算该用什么话来求爱,想起法国女人是轻浮而容易上手的。然而他只要看一眼女教师的脸,他的念头就顿时烟消云散,如同在别墅里遇到起风的天气拿着一支蜡烛走到阳台上去,蜡烛就会熄灭一样。有一次他迷迷糊糊,像做噩梦似的忘了体统,熬不住了,趁她教完课走出书房,要到前厅里去的时候拦住她的去路,喘着气,结结巴巴地表白他的爱情:

---

① 原文为法语。

"您在我是那么宝贵!我……我爱您!让我说出来吧!"

可是阿丽萨脸色惨白,大概害怕了,因为想到他这样一求爱,她就再也不能到这儿来上一堂课,挣一个卢布了。她睁大惊慌的眼睛,大声嘟哝道:

"哎呀,这可不行!您别说了,我求求您!不行!"

事后沃罗托夫通宵没有睡觉,羞得要命,责骂自己,紧张地思索着。他觉得他的求爱侮辱了那个姑娘,她不会再到他家里来了。

他决定明天早晨到居民住址查询处去查明她的住址,给她写一封道歉信。可是信还没写,阿丽萨却来了。午一到,她觉得挺别扭,可是后来翻开书,就照往常那样迅速而活泼地翻译起来:

"'啊,年轻的先生,不要摘我花园里的那些花,我要把花留给我害病的女儿。……'"

直到今天她还是天天来。已经有四本书翻译完了,可是沃罗托夫除掉"mémoires"这个词以外什么也没学会。每逢人家问起他的学术工作,他总是挥挥手,不回答这个问题,把谈话转到天气上去。

假　　面

某城社交界俱乐部里正举办一个目标在于慈善性募捐的假面舞会,或者按当地小姐们的称呼,就是化装舞会①。

那是夜间十二点钟。有的知识分子没参加跳舞,也没戴假面(他们一共有五人),在阅览室里围着大桌子坐定,把鼻子和胡子凑到报纸上,看报,打盹儿,不过按照京城报纸派驻本地的记者,一个颇有自由派倾向

---

① 原文为法语。

的先生的说法,他们是在"思考"。

从大厅里传来卡德里尔舞曲《纺车》的乐声。仆役们不时从房门前面跑过去,脚步声咚咚地响,手里端着的碗碟叮当作声。阅览室里却异常安静。

"这儿似乎会方便点!"忽然传来一个压低的、喑哑的说话声,仿佛是从火炉里发出来的。"到这儿来!到这儿来,伙伴们!"

房门开了,一个矮小结实的男人走进阅览室里来,身穿马车夫服装,头戴插着孔雀毛的帽子,脸上蒙着假面。跟着他走进来的是两个戴着假面的女人和一个端着托盘的仆役。托盘上放着一个大肚瓶,里面盛着甜酒,另外有三瓶红葡萄酒和几个玻璃杯。

"到这儿来!这儿也凉快点,"男人说,"你把托盘放在桌子上。……你们坐下吧,小姐们!热—乌—普—里—阿—拉—脱里蒙特朗!① 你们,诸位先生,让

---

① 读音不准的法语,意义不明。

开……不用待在这儿!"

男人的身子摇晃一下,他伸出手去把桌上几本杂志拂落到地下。

"把托盘放在这儿!你们这些看报的先生,让开。现在不是看报和研究政治的时候。……把报纸丢开!"

"我想请您安静点,"一个知识分子隔着眼镜看看戴假面的男人,说,"这儿是阅览室,不是饮食部。……这儿不是喝酒的地方。"

"为什么不是喝酒的地方?莫非桌子会摇晃,或者天花板会塌下来?怪事!不过……现在没有闲磕牙的工夫!把报纸丢开。……你们已经看了一会儿,也就够了。你们不看报也已经聪明得很。再者看报伤眼睛。不过主要的是我不愿意你们看报,就是这么回事。"

仆役把托盘放在桌子上,把餐巾搭在胳膊肘上,在门口站住。两个女人立刻开始喝葡萄酒。

"天下居然有这样的聪明人,反倒认为看报比喝酒好,"插孔雀毛的男人给自己斟了一杯甜酒,开口说,"依我看来,你们这些可敬的先生,喜欢看报是因为没有钱买酒喝。我说对了吧?哈哈!……他们老是看报!喂,那上边都写着些什么?戴眼镜的先生!您读到些什么呀?哈哈!哎,别看了!你别装模作样!还是喝酒的好!"

插孔雀毛的男人略微欠起身子,从戴眼镜的先生手里夺过报纸来。那一个脸色发白,后来又转红,惊愕地看看其他的知识分子,那些人也惊愕地看他。

"您得意忘形了,先生!"他面红耳赤地说,"您把阅览室变成了酒馆,您竟然胡作非为,夺去我手里的报纸!我不容许!您不知道您在跟谁打交道吧,先生!我是银行经理热斯加科夫!……"

"我才不来管你是不是热斯加科夫呢!喏,这就是我对你的报纸所抱的敬意。……"

男人举起报纸来,把它撕成碎片。

"诸位先生,这是怎么回事?"热斯加科夫喃喃地说,愣住了,"这真奇怪,这……这简直难以想象。……"

"他老人家生气了,"那个男人说,笑起来,"哎呀呀,我害怕!就连我的腿都打哆嗦了。听我说,诸位可敬的先生!咱们把玩笑放在一边,我实在不高兴跟你们闲磕牙。……我想单独跟这些小姐待在这儿乐一乐,所以我请你们不要碍手碍脚,走出去。……请吧!别列布兴先生,滚出去!你干吗皱眉头?我叫你出去,你就乖乖地出去!快着点,要不然,瞧着吧,说不定你就要挨揍!"

"这到底是什么意思?"孤儿院会计主任别列布兴涨红脸,耸起肩膀问,"我简直不明白。……一个无耻之徒闯到这儿来……忽然说出这种话来!"

"什么叫无耻之徒?"插孔雀毛的男人叫道,生气了,一拳头捶在桌子上,震得托盘上的杯子跳起来。"你在跟谁说话?你以为我戴着假面,你就可以对我胡说八道？好一张利嘴！我叫你出去，你就出去！银行经理，你趁早滚出去！大家都走，一个混蛋也别留下！滚蛋！"

"别忙，我们马上就会看见结果的！"热斯加科夫说，激动得连眼镜都冒汗了。"我要给您点颜色看看！喂，去把值班的主任叫到这儿来！"

过一分钟，身材矮小、头发棕红的主任走进来，上衣翻领上有一条天蓝色细带，由于跳舞而气喘吁吁。

"请您出去！"他开口说，"这儿不是喝酒的地方！请到小吃部去！"

"你这是打哪儿跳出来的？"戴假面的男人问，"难道是我叫你来的？"

"我请求您不要'你，你'地称呼我，请您出去！"

"你听我说，可爱的人：我给你一分钟时间。……由于你是主任，是大人物，那你就拉住这些戏子的胳膊，把他们带出去。要是这儿有外人，我这些小姐就不高兴。……她们就会受拘束。我既花了钱，总希望她们自由自在点。"

"显然,这个霸道的家伙不明白他不是在牲口圈里!"热斯加科夫叫道,"把叶甫斯特拉特·斯皮利东内奇叫来!"

"叶甫斯特拉特·斯皮利东内奇!"整个俱乐部里传遍呼喊声,"叶甫斯特拉特·斯皮利东内奇在哪儿?"

叶甫斯特拉特·斯皮利东内奇是个老人,穿着警官的制服,立刻就来了。

"我请求您从这儿出去!"他声音沙哑地说,瞪起吓人的眼睛,动了动染过色的唇髭。

"哎呀,吓死人了!"那个男人说,乐得哈哈大笑,"真的,吓死人了!居然有这么可怕的人,叫上帝打死我吧!他的唇髭活像猫胡子,眼睛瞪得老大。……嘻嘻嘻!"

"我请求你少说废话!"叶甫斯特拉特·斯皮利东内奇用尽气力叫道,浑身发抖,"滚出去!我要叫人把你拉出去!"

阅览室里乱哄哄,闹得不可开交。叶甫斯特拉特·斯皮利东内奇脸红得像虾一样,不住嚷叫、跺脚。热斯加科夫大嚷大叫。别列布兴大嚷大叫。所有的知识分子都大嚷大叫,然而戴假面的男人那深沉而又喑哑的男低音却盖过所有的声音。由于这场轩然大波,跳舞中断了。人们从大厅里纷纷涌到阅览室来。

叶甫斯特拉特·斯皮利东内奇为了显显威风,就把俱乐部里的警察统统叫来,他自己坐下来写呈文。

"写吧,写吧,"假面人说,不住把手指头伸到钢笔底下去,"现在叫我这个可怜人怎么得了?我这个可怜虫呀!您何苦断送我这个孤儿哟?哈哈!嗯,要写就写吧!呈文写好了吗?全写完了?好,现在你们瞧着!——一——二——三!!"

男人站起来,挺直全身,摘掉脸上的假面。他露出他的醉脸,瞧着大家,欣赏他所造成的效果,然后在圈椅上坐下,心花怒放地哈哈大笑。他也确实造成非同小可的影响。所有的知识分子都张皇失措地面面相觑,脸色煞白,有的人搔后脑壳。叶甫斯特拉特·斯皮利东内奇嗽了嗽喉咙,就像一个人无意中做了一件很大的蠢事似的。

大家认出这个暴徒就是当地的大财主,工厂主,世袭的荣誉公民皮亚契果罗夫,以喜欢闹事和热心于慈善事业闻名,而且正如当地报纸不止一次说过的,对教育事业充满热爱。

"怎么样,你们出去不出去?"皮亚契果罗夫沉默片刻后,问。

那些知识分子沉默着,一言不发,踮起脚从阅览室里走出去,皮亚契果罗夫等他们走后就关上门。

"你一定早就知道他是皮亚契果罗夫!"过了一会儿,叶甫斯特拉特·斯皮利东内奇抓住一个把酒送进阅览室去的仆役,摇撼他的肩膀,压低喉咙,用沙哑的声音说,"为什么你不说出来?"

"他老人家不许说,官长!"

"不许说。……我把你这混蛋关起来,坐一个月牢,你才会明白什么叫'不许说'。滚开!! 你们呢,诸位先生,也真是妙极了,"他扭过脸去对那些知识分子说,"你们居然造反! 你们就不能从阅览室里走出去十分钟! 现在就请你们来喝这锅粥吧。唉,诸位先生,诸位先生啊。……我可不喜欢这样,真的!"

那些知识分子在俱乐部里走来走去,垂头丧气,心慌意乱,自觉有罪,喁喁私语,仿佛预感到大难临头似的。……他们的妻子和女儿听说皮亚契果罗夫"受了委屈",生了气,她们就大气也不敢出,分头回家。跳舞停止了。

夜里两点钟,皮亚契果罗夫从阅览室里走出来。他喝醉了,脚步蹒跚。他走进大厅里,在乐队旁边坐下,在音乐声中昏昏睡去,后来悲哀地低下头,打起鼾来。

"别奏乐!"主任对乐师们摇着手说,"嘘!……叶果尔·尼雷奇睡着了。……"

"请问,要把您送回家里去吗,叶果尔·尼雷奇?"别列布兴低下头,凑着大财主的耳朵,问道。

皮亚契果罗夫努出嘴唇,像是要吹掉脸上的苍蝇似的。

"请问,要把您送回家去吗?"别列布兴又问一遍,"再不然,要不要把您的马车叫来?"

"啊?谁?你……你有什么事?"

"该送您回家了。……现在是睡觉的时候了。……"

"我要回……回家。……送我回去吧!"

别列布兴高兴得眉开眼笑,动手把皮亚契果罗夫搀起来。别的知识分子也跑到他跟前,愉快地微笑,把世袭荣誉公民扶起来,小心地送到马车那边去。

"要知道,像这样愚弄一大群人,只有演员和天才才办得到,"热斯加科夫把他扶上马车,快活地说,"我简直吃了一惊呢,叶果尔·尼雷奇!我一直到现在还要笑。……哈哈。……我们这些人像热锅上的蚂蚁似的团团转!哈哈!您相信吗?就是在戏院里我也从没这么笑过。……滑稽透了!我一辈子都会记住这个使人难忘的夜晚!"

把皮亚契果罗夫送走以后,那些知识分子兴高采烈,放心了。

"他临走还握一下我的手呢,"热斯加科夫说,很满意,"这就是说,万事大吉,他不生气了。……"

"上帝保佑他吧!"叶甫斯特拉特·斯皮利东内奇叹道,"他是流氓,是下流东西,可是要知道,他又是慈善家!……真没法说!……"

塞　壬[①]

有一次,某县城的调解法官会审法庭审讯完毕,法官们聚在议事室里,想脱掉制服,休息一下,然后回家去吃饭。会审法庭的审判长是个仪表堂堂的男子,长着蓬松的连鬓胡子,对刚才审过的一个案子"坚持自己的看法",便在桌旁坐下,匆匆写下他的意见。区调解法官米尔金是个年轻人,带着懒洋洋的忧郁脸色,以哲学家闻名,一向对环境不满,探索生活的目标,这时

[①] 希腊神话中半人半鸟形状的女妖,住在地中海的一个小岛上,常用歌声诱惑水手,然后将他们杀死。

候站在窗边,忧伤地瞧着院子。另一个区调解法官和一个荣誉调解法官已经走了。还有一个荣誉调解法官留了下来,他是个皮肉松弛的胖子,呼呼地喘气。副检察官是个年轻的日耳曼人,带着害胃炎病的脸色。他们两人坐在一张小长沙发上,等着审判长写完,好一块儿去吃饭。他们面前站着会审法庭书记官席林,那是个身材矮小的人,连鬓胡子一直生到耳朵旁边,脸上现出甜蜜蜜的神情。他瞧着胖子,笑得像蜜那么甜,低声说:

"我们大家现在都想吃东西,因为我们累了,时间也已经是三点多钟了。不过,我的好朋友格利果利·萨维奇,这并不是真正的胃口。那种真正的、狼吞虎咽的、似乎连自己的亲爹也能吞下肚去的胃口,只有在体力活动以后才会有,例如带着猎狗出去打猎,或者出远门走了一百俄里光景却没歇过气。想象力也能起很大的作用,先生。比方说,您打完猎,坐着马车回家,希望吃饭的时候有胃口,那就千万不要思考费脑筋的问题。

费脑筋的问题和学术问题总是倒胃口的。您当然知道,哲学家和学者在吃东西方面总是最差。对不起,就连猪都吃得不比他们差呢。回家的时候,应该极力让脑子专想酒瓶和开胃的凉菜。有一次我在路上,闭紧眼睛,想象辣根烤乳猪,馋得我简直要发神经病了。是啊,您坐车走进您家的院子,厨房里这时候就得恰好冒出那么一种气味,您知道。……"

"烤鹅的香味才好闻。"荣誉调解法官喘着气说。

"不见得,我的好朋友格利果利·萨维奇,鸭子或者田鹬比鹅妙得多。鹅的香味缺乏温柔,缺乏细腻。最浓的香味,您知道,是嫩葱这玩意儿煎得开始发黄,使整个房子里都听得见嘶嘶声的时候冒出的那股气味。是啊,您走进家里,饭桌上就得已经摆好餐具,您一坐下,立刻把餐巾往领子里一披,不慌不忙地伸出手去拿白酒的瓶子。不过白酒这宝贝,您可别斟在普通的杯子里,而要斟在一个祖传的老式小银酒杯里,要不然就斟在一个大肚子的酒杯里,上面刻着字:'此酒高僧亦饮用焉'。您可不要端起来一下子就喝干,您得先吐出一口气,搓一搓手,满不在乎地瞧一会儿天花板,然后才从容不迫地端起来,也就是端起可爱的白酒来,送到唇边,于是您的胃里就立刻冒出许多火星,飞遍您的全身。……"

书记官在他甜蜜蜜的脸上做出心旷神怡的表情。

"许多火星……"他又说一遍,眯细眼睛,"您一喝下酒去,马上就得吃点凉菜。"

"您听我说,"审判长说,抬起眼睛来瞧着书记官,"您说话小点声! 您闹得我写坏两张纸了。"

"哎呀,对不起,彼得·尼古拉伊奇! 我小点声就是,"书记官说,然后压低声音继续讲道,"嗯,我的好朋友格利果利·萨维奇,讲到吃凉菜,那也得会吃。您得知道该吃点什么。顶好的凉菜,不瞒您说,就是青鱼。您加上点葱,抹上点芥子酱,吃上这么一小块,然后,我的恩人,趁您觉得胃里还在冒火星,立刻顺便吃下些鱼子,要是您乐意,就加上点柠檬,随后再吃一根撒上盐的普通萝卜,然后再吃青鱼,不过,恩人,最好是尝点腌过的松乳菇,不过要剁得很细,像鱼子那样,而且您明白,还得撒上点葱,拌上橄榄油……呱呱叫!不过,还有江鳕鱼的肝,那真是妙不可言!"

"嗯,不错……"荣誉调解法官同意道,眯细眼睛,"讲到凉菜,还有一样好东西,就是那个……炖白蘑。"

"对了,对了,对了……您知道,得加葱,加桂叶,加各式各样的香料。一揭开锅就会冒出一股气来,蘑菇的香气,……有时候简直引得人掉眼泪哟!好,一等到厨房里把大烤饼端上来,您可一会儿也别耽搁,马上就喝下第二杯酒。"

"伊凡·古雷奇啊!"审判长用要哭的声音说,"您闹得我写坏三张纸了!"

"鬼才知道他是怎么回事,他满脑子的吃!"哲学家米尔金嘟哝说,做出鄙夷的脸相,"生活里除了蘑菇和大烤饼以外,难道就没有别的有意义的东西了?"

"对了,吃大烤饼以前,先要喝点酒。"书记官接着小声说,他已经讲得入了迷,就跟歌唱的夜莺一样,除了自己的声音以外,什么也听不见了,"大烤饼一定得引人犯馋,要赤身露体地摆在那儿,没一点羞耻,好把人迷住。您呢,对它挤一挤眼睛,切下挺大的一块来,再加上您感情丰富,就忍不住伸出手指去摸这么一下。然后您吃起来,油汁就从饼上往下滴,像眼泪一样,饼里的馅油汪汪,作料多,有鸡蛋,有鸡鸭的内脏,有葱。……"

书记官翻着白眼,把嘴角一直扯到耳朵边上去了。荣誉调解法官嗽了嗽喉咙,大概在暗自想象那个大烤饼,他的手指头不由得动起来。

"鬼才知道这是怎么回事……"区调解法官抱怨说,走到另一个窗口去了。

"您只吃两块,第三块要留到喝白菜汤的时候再吃。"书记官着魔似的接着说,"您一吃完大烤饼,就立刻吩咐把白菜汤端上来,免得胃口疲了。……白菜汤一定要烧得滚烫,像火一样烫。不过呢,最好是乌克兰风味的红甜菜清汤,我的恩人,外加火腿和小灌肠。此外还得放点酸奶油啦,香芹菜啦,茴香啦。加杂碎和小腰子的鱼汤也不错。要是您喜欢汤菜,那么最好就要算是用菜根和蔬菜做的汤,放上胡萝卜、芦笋、菜花以及种种合理合法的东西。"

"对了,这也真是出色的汤菜……"审判长叹口气说,眼睛离开纸张了,然而他立刻醒悟过来,哀叫道,"您要敬畏上帝才是!照这样下去,我就是坐到傍晚,这篇个人意见书也写不成!我写坏四张纸了!"

"我不说了,不说了!对不起!"书记官道歉后,小声讲下去,"您一喝完肉汤或者菜汤,就得立刻吩咐仆人把鱼端上来,恩人。在不出声的鱼类当中,顶好的要数用酸奶油煎的鲫鱼,不过为了叫它没有土腥气,保存鲜味起见,先得把它活着放在牛奶里,泡上一昼夜。"

"拿一条小鲟鱼来,把尾巴塞进嘴里,然后煎一下,也很好吃。"荣誉调解法官闭上眼睛说,可是立刻,出乎大家意外,他离开原地,现出恶狠狠的脸色,对一旁的审判长喊起来,"彼得·尼古拉伊奇,您快写完了吗? 我等不得! 等不得了!"

"容我写完!"

"哼,我自己去了! 叫您见鬼去吧!"

胖子摆一摆手,抓住帽子,没告辞就跑出房外去了。书记官叹口气,弯下腰凑近副检察官的耳朵,接着小声说:

"鲈鱼或者鲤鱼,加上点番茄和菌子做成的调味汁,也好吃。然而光吃鱼,饱不了,斯捷潘·弗兰崔奇。这种菜不经吃,正餐主菜不是鱼,不是调味汁,而是烤菜。您比较喜欢吃哪种飞禽?"

副检察官愁眉苦脸,叹口气说:

"可惜我不能分享您这种快乐,我害着胃炎。"

"算了吧,先生! 胃炎是医生胡诌出来的! 得这种病,多半是由于胡思乱想,由于狂妄。您别管它。比方,您不想吃东西,或者觉得恶心,那您别管它,您还是吃。喏,要是给您端上一对烤熟的大鹬,外加这么一只山鹬,或者一对肥鹌鹑,那就什么胃炎不胃炎,您会忘得一干二净,我这话是千真万确的。烤火鸡怎么样?又白又肥,而且那么嫩,您知道,跟女神的胸脯一样。……"

"对了,这大概很可口。"副检察官说,忧郁地微笑着,"火鸡我也许能吃一点。"

"上帝啊,鸭子呢?要是您弄来一只小鸭子,一只趁天气刚冷尝过冰水味道的小鸭子,放在烤盘上烤透,再放上些土豆,土豆要剁碎,烤得发红,浸透鸭油,而且……"

哲学家米尔金现出狰狞的面容,显然想说句什么话,可是忽然吧嗒一下嘴唇,大概心里正暗想烤鸭的样子,于是一句话也没说,由一种肉眼看不见的力量推动着,抓起帽子,跑出去了。

"是啊,恐怕鸭子我也能吃……"副检察官叹口气说。

审判长站起来,走来走去,又坐下。

"用完烤菜,人就吃饱肚子,心头舒畅,飘飘然了。"书记官接着说,"这时候人就周身爽快,温情脉脉了。然后,为了凑一凑趣,您不妨再喝三小杯加过香料的白兰地。"

审判长噉了噉喉咙,把他那张纸上写的东西涂掉了。

"我毁掉六张纸了。"他生气地说,"这简直是没有心肝!"

"您写吧,写吧,恩人!"书记官小声说,"我不打搅您!我小声讲话。我凭良心对您说吧,斯捷潘·弗兰崔奇,"他用差不多听不清的声音说,"自己家里做的加香料的白兰地比任什么香槟都好。您喝下头一杯,就觉得您的灵魂浸透一股香气,好像落在一个迷宫里,好像您不是坐在家里的圈椅上,而是在澳洲一个什么地方,骑着一只极柔软的鸵鸟似的。……"

"哎,我们走吧,彼得·尼古拉伊奇!"副检察官说,焦急得抖了抖腿。

"对了,"书记官接着说,"喝白兰地的时候,顶好点上一支雪茄烟,吐出一个个烟圈,这当儿您的脑子里就会生出美妙的幻想,仿佛您做了最高统帅,或者娶了个人间少有的绝色美人,她成天价在您窗前一个池塘里跟金鱼一块儿游来游去。她游着水,您呢,对她叫道:'宝贝儿,来吻我一下吧!'"

"彼得·尼古拉伊奇!"副检察官哀叫道。

"对了,"书记官接着说,"您吸完烟,就提起您长袍的下摆,往您的床边走去!您就这么仰面躺着,肚子朝上,手里拿过一张报纸来。临到您的眼皮要合起来,周身有了睡意,您看点政治消息倒会觉得挺舒服:很可能,比方说,奥地利办坏了一件什么事,法国得罪了一个什么人,罗马教皇倒行逆施,您照这么看下去,会很愉快呢。"

审判长跳起来,把钢笔丢在一旁,两只手抓住帽子。副检察官早已忘掉他的胃炎,急昏了头,也跳起来。

"走吧!"他叫道。

"彼得·尼古拉伊奇,那么您的个人意见书怎么办呢?"书记官惊慌地说,"您什么时候才把它写完呀,恩人!要知道六点钟您就得坐车回城去了!"

审判长摆一摆手,往门口跑去。副检察官也摆一摆手,拿起皮包,跟审判长一块儿走出去。书记官叹口气,用责备的眼光瞧着他们的后影,动手收拾文件。

尼诺琪卡

爱情故事

房门轻轻打开了,我的好朋友巴威尔·谢尔盖耶维奇·维赫列涅夫走进我的房间里来。他是个年轻人,可是相貌显老,带着病容。他背部伛偻,鼻子很长,身子消瘦,总的说来,模样颇为难看,然而另一方面他的相貌又那么忠厚,柔顺,丰满,弄得我每次见到他都生出奇怪的愿望,想伸出五个手指去抓住他,摸一摸他那柔软的心和面团般的灵魂。如同一切在书房里打发生活的人一样,他文静,胆怯,腼腆,不过这一次,除此以外,他还脸色苍白,不知什么缘故心情极其激动。

"您怎么了?"我端详着他苍白的脸和微微颤抖的嘴唇,问道,"您病了还是怎么的? 或者又跟您妻子闹了别扭? 您的脸色大变了!"

维赫列涅夫迟疑了一会儿,咳嗽几声,然后摇着手说:

"我又跟尼诺琪卡……出了麻烦事! 好朋友,我那么难过,昨天晚上通宵没睡着,现在,您看得明白,我都半死不活了。……鬼才知道我是怎么回事! 换了别人,任什么灾难也吓不倒,不管是受到欺侮也罢,死了亲人也罢,得了疾病也罢,很容易就能对付过去,可是对我来说,只要出一点点小事,我就泄了气,支持不住了!"

"可是出了什么事呢?"

"小事。……一出小小的家庭戏剧而已。要是您高兴的话,我就讲给您听。昨天傍晚我的尼诺琪卡哪儿也没去,留在家里,打算跟我一块儿消磨时光。我,当然,心里很高兴。她通常傍晚出门,到什么俱乐部去,我呢,只有傍晚才待在家里,所以您想象得出我……那个……多么高兴。不过您没结过婚,您想象不出一个人工作完毕,回到家里,看到与他的生命息息相关的亲人,他会感到多么温暖和舒适。……啊!"

维赫列涅夫描绘完家庭生活的种种妙处,擦掉额头上的汗,继续说:

"尼诺琪卡打算跟我度过一个傍晚。……可是您知道我是怎样一个人!我是个乏味沉闷的人,不会谈笑风生。跟我在一起怎么能快活呢?我老是专心搞我那些图样、滤纸、土壤。我既不会弹琴,也不会跳舞,更不会说风趣的话……我什么也不会,尼诺琪卡呢,您会同意,却年轻而善于交际。……青春有青春的权利……不是这样吗?好,我就着手给她看一些图片,看各式各样的小东西,这样那样的……讲了闲话。……当时我顺便想起我书桌里放着一些旧日的信件,其中有些写得很可笑!在大学时代我有过几个朋友,真会写信,那些滑头!谁读着那些信都会笑破肚子。我就从书桌里取出那些信来,拿给尼诺琪卡看。我给她读了一封又读一封,再读一封……可是,忽然刹车了!有一封信里,您知道,有这样一句话:'卡嘉①问候你。'这样的句子对嫉妒心重的妻子来说无异于一把尖刀!而我的尼诺琪卡就是一个穿裙子的奥赛罗。② 于是各种问题纷纷落到我这个倒霉人的脑袋上:这个卡嘉是谁?怎么回事?为什么?我告诉她说,这个卡嘉类似初恋的对象……这无非是大学生时代青年人干的那种幼稚事,无关宏旨。我说,每个青年都有过自己的卡嘉,这是难免的。……我的尼诺琪卡却不听这一套!鬼才知道她想到哪儿去了,眼泪汪汪的。她哭完以后,就歇斯底里发作了。她嚷道,'您卑鄙,恶劣!您把您的过去瞒住我!'她嚷道,'可见您现在也有个什么卡嘉,只是瞒住不说!'我再三向她提出保证,可是毫无结

---

① 女人的名字叶卡捷琳娜的小名。
② 意谓"嫉妒心重的女人"。奥赛罗是英国作家莎士比亚的同名悲剧中的男主人公。

果。……男人的逻辑永远也对付不了女人的逻辑。最后我请求她原谅我,对她跪下……爬到她跟前,可是她一点也不动心。她就这么发着歇斯底里,上床睡了:她睡在她的房间里,我睡在我书房里的长沙发上。……今天早晨她看也不看我,拉长了脸,对我称呼'您'。她口口声声说要搬到她母亲那儿去住。她一定会搬去,我知道她的性格!"

"嗯,是啊,这是件不愉快的事。"

"这些女人我真不理解!嗯,姑且承认,尼诺琪卡年轻,看重道德,要求苛刻,像卡嘉这类平淡的事不能不惹得她难过,我们姑且承认这一点……可是莫非这种事是难于谅解的吗?就算我不对吧,可是我已经认过错,向她跪下了!我,不瞒您说,甚至……哭了!"

"是的,女人是个猜不透的谜。"

"我的好朋友,亲爱的,您对尼诺琪卡有很大的影响,她尊重您,把您看作权威。我央求您,您到她那儿去一趟,运用您所有的影响,跟她谈一谈,要她明白她不对。……我难过呀,我亲爱的!……要是这件事再延续一天,我就受不住了。您去一趟吧,好朋友!"

"可是这样妥当吗?"

"有什么不妥当的?您跟她几乎从小就是朋友,她相信您。……您去一趟,您给朋友帮帮忙!"

维赫列涅夫这种含泪的请求打动了我的心。我穿上外衣,坐上马车去找他的妻子。我见到尼诺琪卡的时候,她正在做她喜欢做的事:坐在长沙发上,把一条腿架在另一条腿上,眯细她那对好看的眼睛望着空中,什么事也不干。……她看见我,就离开长沙发跳起来,跑到我跟前。……然后她回过头去看,赶快关上房门,像一片小羽毛那么轻地抱住我的脖子(请读者不要以为这儿有印错的字。……我同维赫列涅夫分担夫妇的义务已经有一年之久了)。

"你这个小坏包,又想出了什么花样?"我让尼诺琪卡在我身旁坐下,问她说。

"怎么回事?"

"你又闹得你那一位六神不安了!今天他到我家来,把卡嘉的事一五一十地对我讲了。"

"哦……这个!他居然去找你诉苦!……"

"你们出了什么事?"

"没什么,那不值得一提。……昨天傍晚我心里烦闷……我因为没处可去而生闷气,懊恼得拿他的卡嘉出气。我是因为烦闷才哭的,可是怎么能把哭的原因对他明说呢?"

"可是,我的宝贝儿,你这样做太残酷,太不人道了。他本来就神经质,你还大闹一场来折磨他。"

"没什么,我吃醋,他反而高兴。……再也没有比假吃醋更能蒙骗人了。……可是我们不谈这些吧。……我不喜欢你开口就谈我那个草包。……他本来就已经惹得我讨厌了。……我们最好还是喝茶吧。……"

"不过你还是不要再折磨他吧。……你知道,他的模样真可怜。……他那么真诚老实地描绘他的家庭幸福,那么相信你的爱情,简直叫人觉得可怕。……你好歹克制一下,对他亲热点,做做假。……只要你肯说句好话,就足以使他感到登上七重天了。"

尼诺琪卡噘起小嘴,皱紧眉头,然而没过多久,维赫列涅夫就走进来了,胆怯地瞅着我的脸,于是她总算快活地微笑着,用亲切的目光看他了。

"你来得真巧,正赶上喝茶!"她对他说,"你可真机灵,从来也不会来迟。……给你的茶里加鲜奶油呢,还是加柠檬?"

维赫列涅夫没料到见面后会这样,心里很感动。他动情地吻他妻子的手,拥抱我。可是这种拥抱显得那么荒唐可笑,那么不合适,惹得我和尼诺琪卡都涨红了脸。……

"和事佬有福啊!"幸福的丈夫快活地叫道,"为什么您能说服她呢?因为您是个社交界的人,素来在社交界周旋,懂得女人的心的种种奥妙!哈哈哈!我呢,是海豹，旱獭①！本来只用说一句话，我却说了十句。……本来该吻她的小手，或者干点什么别的，可是我却叫起苦来！哈哈哈！"

喝完茶后，维赫列涅夫把我带到他的书房里，摸着我的纽扣，喃喃地说：

"我不知道该怎样感激您才好，亲爱的朋友！请您相信，我本来那么难过，痛苦，现在却这么幸福，幸福得不得了！您已经不是头一次把我从可怕的局面里解救出来了。我的好朋友，请您不要拒绝我！我有个小物件……就是我亲手做的一个小火车头……这个东西在展览会上得到过奖章。……请您收下它，算是我感激的表示……友情的表示！……请您赏脸收下吧！"

当然，我百般推谢，可是维赫列涅夫执意不从，我不得不把他珍贵的礼品收下了。

若干天，若干星期，若干月，过去了……那件该诅咒

---

① 意谓"我却是笨蛋"。

的事迟早会在维赫列涅夫面前露出肮脏的真相。他无意中了解了实情,顿时脸色煞白,在长沙发上躺下,呆呆地瞧着天花板。……不过他一句话也没说。精神上的痛苦势必表现为某些动作,他开始在长沙发上痛苦地翻来覆去。他那懦弱的性格只限于做出这些动作罢了。

过了一星期,维赫列涅夫从那个使他震动的新事件中略微清醒过来后,来到我家里。我们两人都心慌意乱,谁也不看谁。……我开始驴唇不对马嘴地胡扯起来,谈到什么自由恋爱、夫妇的利己主义、听天由命等等。

"我不是来谈这些的……"他温和地打断我的话说,"这些我都知道得很清楚。在感情方面是谁都没有过错的。不过,使我感兴趣的是事情的另一方面,纯粹实际的那一方面。好朋友,我完全不了解生活,事情一牵涉到社会上的礼数和规矩,我就完全没辙①了。

---

① 原文为德语。

您,我亲爱的,帮帮我的忙。您说说看,现在尼诺琪卡该怎么办才对!您认为她该继续住在我那儿呢,还是最好搬到您这儿来?"

我们没有商量多久,就做出这样的决定:尼诺琪卡仍然住在维赫列涅夫家里,我想要找她就可以去找她,可是维赫列涅夫搬到角落上的一个房间里去住,那儿原先是个储藏室。那个房间有点潮湿,阴暗,而且要穿过厨房才能走到那儿,不过另一方面,住那个房间倒可以闭门独居,再也不会成为任何人的眼中钉了。

熟识的男人

千娇百媚的万达,或者按她身份证上的称呼,荣誉公民娜斯达霞·卡纳甫金娜,在医院里病愈出院后,发觉自己的处境是以前从没经历过的:不但无家可归,而且身边连一个小钱也没有。怎么办呢?

她头一件事就是动身到当铺去,在那儿当掉一枚绿松石戒指,这要算是她身边唯一贵重的东西了。当铺收下那枚戒指,给了她一个卢布,可是……一个卢布能买什么呢?凭这点钱既不能买一件时髦的短上衣,也不能买一顶高女帽,更不能买一双黄铜色便鞋,可是缺了这些东西,她就感到仿佛赤身露体了。依她看来,好像不但行人,就连马和狗都在瞧她,讪笑她那寒碜的装束呢。她专心想着她的穿戴,至于她怎么吃饭,到哪儿去过夜,这些问题倒一点也没有使她担忧。

"只要能碰见一个熟识的男人就好了……"她想,"那我就会弄到钱。……谁也不会拒绝我,因为……"

可是熟识的男人却没碰见。傍晚在"文艺复兴"①倒不难碰见他们,然而她穿着这身寒碜的衣服,又没戴帽子,"文艺复兴"是不会让她进去的。怎么办呢?万达苦闷了很久,最后懒得再走路,再坐着,再思索,她就决定使出最后一个办法:索性到一个熟识的男人住处去,向他要一点钱。

"那么该去找哪一个呢?"她暗自思忖,"到米沙那儿去可不行,他是成了家的。……至于那个红头发的老头子,现在却上班去了。……"

---

① 饭馆的名字。

万达想起牙科医生芬凯尔。他是个改信东正教的犹太人,三个月前送过她一个手镯,有一次在德国俱乐部里吃晚饭,她往他的头上泼过一大杯啤酒。她想起这个芬凯尔,高兴得不得了。

"他一定肯给我钱,只要我碰上他在家就成……"她想着,往他家里走去,"他不给钱,我就把他家里的灯统统砸碎。"

她走到牙科医生门口,脑子里已经准备好一套计划:她要一路笑着跑上楼梯,闯进医生诊室,向他要二十五卢布。……可是临到她伸手拉门铃,不知怎的,那个计划却好像自动从她脑子里飞出去了。万达忽然开始胆怯,激动,这是以前她从来都没有过的。她只有在喝醉酒的伙伴当中才胆大,无所顾忌,可是现在她穿着普通的衣服,处在一般告帮人的地位,人家对于这样的人却是可以不接见的,她就感到气馁,感到身份低下。她不由得羞臊,害怕了。

"说不定他已经把我忘了……"她想,不敢拉门铃,"再者,我穿着这样的衣服怎么能见他呢?简直像个叫花子,或者干粗活的。……"

她迟疑地拉了拉门铃。

门里响起脚步声。那是看门人走来了。

"大夫在家吗?"她问。

要是看门人说"不在",她倒会高兴些,可是看门人没有答话,却把她让进前厅,帮她脱掉大衣。依她看来,那道楼梯显得富丽堂皇。不过在富丽的陈设当中首先扑进她眼帘的,却是一面大镜子,她看见镜子里有个装束寒碜的人,没戴高女帽,没穿时髦的短上衣,没穿黄铜色的便鞋。万达暗自奇怪:一旦她穿戴得不体面,类似女缝工或者洗衣女工,她就自惭形秽,再也没有那种狂气,那种大胆,而且她私心也不再认为自己是万达,而是从前的娜斯达霞·卡纳甫金娜了。……

"请进!"一个使女把她领进诊室,说,"大夫马上就来。……请坐。"

万达在一把柔软的圈椅上坐下。

"我干脆就说:您借点钱给我!"她想,"这是堂堂正正的,因为他本来就跟我很熟嘛。只是这个使女要从这儿走出去才好。当着使女的面不便说出口。……她为什么站在这儿不走呢?"

过了五分钟光景,房门开了,芬凯尔走进来。这个改信东正教的犹太人高身量,肤色发黑,生着肥厚的脸颊和一对爆眼睛。他的脸颊、眼睛、肚子、大屁股,都显得那么腻人,可憎,粗俗。在"文艺复兴"和德国俱乐部里,他总喝得有几分醉,为女人花很多钱,颇有耐性地隐忍她们的取笑(例如万达往他的头上泼啤酒的时候,他光是微微一笑,摇着手指头吓唬她一下)。可是现在他却带着阴郁的神色,仿佛没有睡醒,显得道貌岸然,态度冷淡,就像长官似的,嘴里嚼着什么东西。……

"您有什么吩咐?"他问,眼睛没有看万达。

万达瞧了瞧使女严肃的脸容,瞧了瞧芬凯尔饱满的身体,看样子芬凯尔没有认出她来。她脸红了。……

"您有什么吩咐?"牙科医生又问一遍,口气有点气恼。

"我牙……牙痛。"万达小声说。

"哦。……哪颗牙? 在哪儿?"

万达想起她有颗牙蛀了个窟窿。

"下面,右边……"她说。

"嗯!……您张开嘴。"

芬凯尔皱起眉头,屏住呼吸,开始检查病牙。

"痛吗?"他用一个什么铁器挖那颗牙,问道。

"痛……"万达撒谎说。

"提醒他一声,"她想,"那他就一定会认出我来。……可是……那个使女! 她为什么站在这儿不走呢?"

芬凯尔忽然直对着她的嘴呼呼地喘气,像火车头似的,说:

"我劝您这颗牙不要补了。……反正这牙根对您已经没有什么用处了。"

他又把那颗牙挖了一会儿,经纸烟熏黄的手指头弄得万达的嘴唇和牙床满是烟味,然后他又屏住呼吸,把一个冰凉的东西塞进她嘴里。……万达忽然感到一阵剧痛,大叫一声,抓住芬凯尔的手。

"没关系,没关系……"他喃喃地说,"您不要害怕。……反正这颗牙对您也没有什么用了。您应该放大胆子。"

经纸烟熏黄而如今又染了血迹的手指头,把一颗拔下来的牙送到她眼前。使女走过来,把一个杯子拿到她嘴边。

"您回家用凉水漱口……"芬凯尔说,"那血就可以止了。……"

他在她面前站住,摆出那么一种姿势,好像等着客人快点走掉,好让他消停一下似的。……

"再见……"她说着,回转身,往门口走去。

"嗯!……那么谁来付给我诊费呢?"芬凯尔问

道,声音里带着嘲笑的意味。

"哦,对了……"万达想起来了,涨红脸说,把她用绿松石戒指换来的那个卢布递给这个改信东正教的犹太人。

她走出去,到了街上,感到比以前更加羞臊,不过现在她已经不是为贫穷而害臊了。她没有戴高女帽,没有穿时髦的短上衣,可是这些她都不再介意了。她在街上走着,吐着带血的唾沫,而每口鲜红的唾沫都在向她述说她的生活,她那不好的而且难堪的生活,述说她过去遭过的种种侮辱,以及明天,下个星期,来年,她这一辈子到死为止,还会遭到的侮辱。……

"啊,这有多么可怕!"她小声说,"这有多么可怕呀,我的上帝!"

第二天傍晚,她却在"文艺复兴"里跳舞了。她头戴一顶新的而且很大的红色女帽,身穿一件新的时髦短上衣,脚上是一双黄铜色的便鞋。有一个从喀山来的年轻商人带她去吃晚饭。

散 戏 以 后

娜嘉·节列宁娜跟她母亲一块儿,从刚演完《叶甫盖尼·奥涅金》①的戏院里回来,走进自己的房间,很快地脱掉连衣裙,拆散她的发辫,只穿着裙子和白色短上衣,赶紧靠着桌子坐下,想仿照达吉雅娜②的笔调写一封信。

"我爱您,"她写道,"可是您不爱我,不爱我!"

她写完这几句,笑起来。

---

①② 指根据普希金的诗体长篇小说《叶甫盖尼·奥涅金》改编的歌剧,达吉雅娜是女主人公,奥涅金是男主人公。

她刚满十六岁,还没爱过什么人。她知道军官戈尔内依和大学生格鲁兹杰夫爱她,可是现在看过这个歌剧以后,她却打算怀疑他们的爱情。不为人所爱,落到不幸的境地,那是多么有趣啊!一个人爱得很深,另一个人却冷冷淡淡,这种事有一种美妙、动人、富于诗意的味道。奥涅金有趣,就在于他完全不爱,而达吉雅娜迷人,就因为她爱得很深;假如他们同样相爱,双双幸福,也许倒显得乏味了。

"您不要再向我保证说,您爱我,"娜嘉想着军官戈尔内依,接着写下去,"我不能相信您。您很聪明,有教养,严肃,有巨大的才能,也许前途光明灿烂;而我却是个不招人喜欢的和微不足道的姑娘,您知道得很清楚,我在您的生活里只会成为障碍。不错,您恋着我,您认为在我身上找到了您的理想,然而这是错误,您现在已经灰心地问自己:为什么我要遇见这个姑娘呢?只是您的善良不容许您承认这一点罢了!……"

娜嘉开始可怜自己,哭起来,接着写道:

"我舍不得离开我的妈妈和哥哥,要不然我就会穿上修女的衣服,远走高飞了。那您就变得自由,可以另爱别人了。哎,但愿我死掉才好!"

她隔着眼泪看不清她所写的字。桌子上,地板上,天花板上,有些短短的彩虹在发抖,仿佛娜嘉隔着三棱镜看那些东西似的。她没法再写了,就往圈椅的椅背上一靠,开始想戈尔内依。

我的上帝,男人们是多么有趣,多么吸引人啊!娜嘉回想人家为音乐问题跟这个军官发生争论,他往往现出多么谦让、惭愧、柔和的神情,同时他又竭力按捺自己的性子,免得他的说话声流露出激烈的音调。在社交场合,冷冰冰的高傲和淡漠总是给人看作教养良好和风度高尚的象征,为此,人就得掩盖自己热烈的情绪。他真就掩盖起来,不过没有成功,人人都知道得很清楚,他是热烈地喜爱音乐的。关于音乐的无休无止的争论,以及那些不懂音乐的人的大胆评断,老是使得他经常紧张。他惊吓、胆怯、沉默。他弹起钢琴来像真正的钢琴家那么精彩,如果他不做军官,他一定会成为有名的音乐家呢。

泪水在她的眼眶里干了。娜嘉想起有一次在交响乐演奏会上,后来又有一次在楼下挂衣架旁边,过堂风从四面八方吹来的地方,戈尔内依向她诉说过他的爱情。

"我很高兴,您终于跟大学生格鲁兹杰夫认识了,"她接着写道,"他是个很聪明的人,您一定喜欢他。昨天他到我们家里来,一直坐到两点钟才走。我们家里的人都喜欢他,我暗自惋惜您没有到我们家里来。他说了许多出色的话。"

娜嘉把胳膊放在桌子上,把头枕在胳膊上,她的头发盖没了那封信。她想起大学生格鲁兹杰夫也爱她,他跟戈尔内依一样也有权利得到她的信。真的,给格鲁兹杰夫写封信岂不更好?她的胸中无缘无故掀起一股欢乐。起初这股欢乐很小,在胸中像个皮球那样滚动,然后它变得广阔而巨大,像海浪那样汹涌澎湃。娜嘉已经忘掉戈尔内依和格鲁兹杰夫,她的思路乱了,可是她的欢乐不断增长,从她的胸中涌进她的胳膊,灌进她的腿,她觉得仿佛有一阵凉爽的微风刮过她的头顶,吹动她的头发似的。她不出声地笑,于是她的肩膀开始发抖,就连桌子和玻璃灯罩也颤抖起来,她眼睛里流下的泪水溅湿了那封信。她没有力量忍住笑,她为了对自己表明不是无端发笑,就赶紧回忆一件什么可笑的事情。

"多么可笑的狮子狗啊!"她说,觉得自己笑得透不过气来了,"多么可笑的狮子狗啊!"

她想起昨天格鲁兹杰夫喝完茶以后逗着狮子狗玛克辛玩,后来他讲了一条很机灵的狮子狗的故事,说它在院子里追一只乌鸦,可是乌鸦回过头来看它一眼,说:

"哼,你这个骗子!"

狮子狗不知道它在跟一只有学问的乌鸦打交道,慌张得很,狼狈地往后倒退,然后吠起来。

"不,还是爱格鲁兹杰夫的好。"娜嘉决定,她把信撕了。

她开始想大学生,想他的爱情,想她自己的爱情,然而想来想去,她脑子里的思想往四下里扩散开去,不由得想到一切,想到她妈妈,想到街道,想到铅笔,想到钢琴。……她带着欢乐的心情思索,发现一切都好,都美妙,她的欢乐告诉她说,这还没有完,过一阵子,还会有更美好的事。不久春天来了,夏天到了,她就要跟她妈妈一起到戈尔比吉去。戈尔内依会到那儿去休假,跟她一块儿在花园里散步,对她献殷勤。格鲁兹杰夫也会去的。他会跟她一块儿打槌球,玩地滚球,对她讲些可笑的或者惊人的故事。她热烈地向往花园、黑暗、万里无云的天空、繁星。她又忍不住笑,两个肩膀又颤抖起来。她觉得房间里弥漫着苦艾的气味,似乎有一根树枝在敲打她的窗子。

她走到她的床前,坐了下来。巨大的欢乐弄得她很不好受,不知道怎么办才好,于是她就瞧着挂在床背上边的神像，不住地说：

"主啊！主啊！主啊！"

艺术家的妻子

译自葡萄牙文

京城里斯本最自由的公民阿尔丰索·津扎加是个年轻的长篇小说作家,不过论名气……却只有他一个人知道,论远大的前途……也只有他一个人这样指望而已。有一次,他一整天在各处人行道上奔走,在各编辑部里进进出出,累得筋疲力尽,饿得不亚于一条最饿的狗,回到家里。他住在一家旅馆的第一百四十七号房间里,这家旅馆在他的一本长篇小说里化名为"毒天鹅"。他走进第一百四十七号房间,对他那狭小而不高的住所看了一眼,皱起鼻子,点上蜡烛,这以后就有一幅扣人心弦的画面展现在他眼前。原来在一大堆纸张、书籍、去年的报纸、破旧的椅子、皮靴、睡衣、短刀和帽子中间,他那漂亮的妻子阿玛兰达躺在一张蒙着灰蓝色套子的小躺椅上,睡熟了。温情脉脉的津扎加走到她跟前,沉吟一会儿,拉了拉她的手。她没醒过来。他又拉她另一只手。她深长地叹口气,然而没醒过来。他就拍她的肩膀,伸出手指头去敲她那大理石般的额头,碰她的皮鞋,扯她的连衣裙,打了个满旅馆都听得见的喷嚏,然而她……连动也没有动一下。

"睡得好香啊!"津扎加暗想,"这是怎么搞的?莫非她服毒了?我最近那本长篇小说的失败可能对她起了强烈的影响。……"

津扎加瞪大眼睛摇躺椅。一本书从阿玛兰达身上慢慢滑下来,书页沙沙地响,啪的一声掉在地板上。长篇小说作家拾起这本书来,翻开一看,顿时脸色发白。这并不是别的书,也绝不是随随便便的一本书,却是他最近写成后由伯爵唐·巴拉班达·阿里蒙达出钱印行的长篇小说,书名是《圣莫斯科四十四名娶二十个妻子的男人的车裂之刑》。这本长篇小说,读者诸君明白,所描写的是俄国生活,因而是最有趣的生活,不料忽然之间……

"她居然读着我的长篇小说睡着了?!"津扎加嘟哝道,"她对巴拉班达·阿里蒙达伯爵的出版工作,对阿尔丰索·津扎加的劳动成果,多么不尊重!而他却给了她津扎加这个光荣的姓!"

"女人啊!"津扎加放开他那葡萄牙人的喉咙大叫一声,举起拳头捶躺椅的边沿。

阿玛兰达深深地叹口气,睁开黑眼睛,微微一笑。

"是你吗,阿尔丰索?"她对他伸出手去,说。

"对,是我!……你睡着了?你……睡着了?……"阿尔丰索嘟哝说,在一把东倒西歪的椅子上坐下,"你睡着以前做什么事来着?"

"我到我母亲家里去借钱来着。"

"后来呢?"

"读你的长篇小说。"

"后来你就睡着了?说呀!后来你就睡着了?"

"后来就睡着了。……咦,你生什么气呢,阿尔丰索?"

"我不是生气,而是觉得痛心:你这么漫不经心地对待我的工作,这种工作即使还没有给我名望,以后也一定会给!你是因为读我的长篇小说才睡着的!我就是这样理解你睡着的原因的!"

"别说了,阿尔丰索!你的长篇小说我读得津津有味。……你这本长篇小说使我入了迷。我……我……我特别被一个场面所感动,就是青年作家阿尔丰索·旬节加开枪自杀。……"

"那个场面不在这本小说里,而是在《一千把火》里!"

"是吗?那么这本长篇小说里是哪个场面打动我的心呢?哦,对了。……我读到俄国侯爵伊凡·伊凡诺维奇从窗口跳出去,掉进河里……河里……伏尔加河里的时候,我就哭了。"

"啊啊。……嘿!"

"他淹死的时候还为子爵夫人克塞尼雅·彼得罗芙娜祝福。……我心里很感动。……"

"如果你真感动,那怎么会睡着呢?"

"我困极了!要知道我昨天一夜没睡觉。你那么可爱,通宵给我朗诵你那本优秀的新长篇小说,我总不能只顾睡觉,不听你朗诵,放弃这种快乐啊。……"

"啊啊。……嗯!我明白了。拿点东西来给我吃!"

"难道你还没吃饭?"

"没有。"

"可是你今天早晨临走对我说,你今天在《里斯本省新闻报》的主编那儿吃饭,不是吗?"

"是啊,我原以为我的诗会在《新闻报》上发表,见他的鬼!"

"莫非他们没发表?"

"没有。……"

"这真不走运!自从我做你妻子那天起,我就满心痛恨那些编辑!那你饿了吧?"

"饿了。"

"可怜的阿尔丰索!那你没有钱吗?"

"哼……这还用问?!一点吃的都没有吗?"

"没有,我的朋友!我母亲光叫我吃了一顿饭,没给我钱。"

"嗯……"

椅子喀嚓一响。津扎加站起来,开始走来走去。……他走一会儿,思索一阵,生出极其强烈的愿望,打算无论如何要叫自己相信饥饿是懦弱的表现,人生在世是要跟自然作斗争,不单单是用面包填饱肚子,谁不挨饿谁就算不得艺术家,等等。他本来也许真就说服自己了,可是偏巧他在思考中想起隔壁的邻居,"毒天鹅"第一百四十八号房间里的意大利风俗画家福兰切斯科·布特隆察,一个有才能而且有点小名气的人,想起他有每天弄到饭吃的本领,这种本领在人世间绝不能说不重要,可是津扎加却从没学会过。

"那我到他那儿去!"津扎加决定道,就出去找这个邻居。

津扎加走进第一百四十八号房间里,看见一个场面,使得身为长篇小说作家的他颇为欣赏,同时又使得身为饿汉的他心里发紧。长篇小说作家在许多镜框、画布框、缺胳膊的人体模型、画架和挂满不同种类和不同时代的褪色服装的椅子当中瞧见了他的朋友福兰切斯科·布特隆察,这时候他要同朋友共进晚餐的希望却化为泡影了。……原来福兰切斯科·布特隆察学万·笛克①的样子歪戴着帽子,穿着彼得·阿敏斯吉②样式的服装,站在凳子上,发疯般摇着绘画用的支腕

---

① 万·笛克(1599—1641),荷兰画家。在他的画像上,他歪戴着一顶黑色的宽边大帽子。
② 中世纪法国一个苦修的僧侣,曾参加十字军远征。——俄文本编者注

杆,哇哇地叫。他的样子可怕极了。他一只脚踏在凳子上,一只脚踩在桌子上。他脸色通红,眼睛炯炯有光,下巴上的胡子发颤,头发直竖起来,似乎随时都会把帽子顶到空中去。墙角上放着阿波罗①的塑像,缺胳膊,没鼻子,胸部有一块三角形大裂口。福兰切斯科·布特隆察正大发脾气,他的妻子紧挨那尊塑像站着。她叫卡罗丽娜,是个日耳曼女人,战战兢兢地看着灯。她脸色苍白,浑身发抖。

"野蛮人!"布特隆察吼道,"你们不爱艺术,扼杀艺术,见你们的鬼!我怎么会跟你这个冷血的日耳曼女人结婚的?!我这个傻子,原是一个像风那样自由的人,一头鹰,一只羚羊,总之一个艺术家,怎么会跟这样一小块由偏见和浅薄凝成的冰结合在一起。……魔鬼②!!!你就是冰!你就是一块木石般的牛肉!你……你这蠢货!哭吧,你这倒霉的、煮烂了的德国腊

---

① 古希腊神话中太阳和光明之神,艺术的保护神。
② 原文为意大利语。

肠!你丈夫是艺术家,可不是什么小商人!哭吧,你这啤酒瓶!津扎加,是您吗?您别走!等一等!您来了,我很高兴。……您瞧这个女人!"

布特隆察朝女人那边伸伸左脚。卡罗丽娜哭了。

"算了!"津扎加开口说,"您吵什么,布特隆察先生?布特隆察太太有什么对不起您的地方?为什么您气得她掉眼泪呢?要记住您伟大的祖国,布特隆察先生,您的祖国是把对美的崇拜同对女人的崇拜紧密地结合在一起的国家!您要记住!"

"我气坏了!"布特隆察叫道,"您设身处地替我想一想!您知道,我已经听从巴拉班达·阿里蒙达伯爵的建议,着手画一张大幅的画。……伯爵要求我画《旧约》的苏萨娜①。……我求她,喏,就是这个日耳曼胖女人,脱光衣服,做我的模特儿,我从大清早起就求她,时而跪在她面前,时而发脾气,可她就是不肯!您

---

① 《旧约》中一个美丽、贞节而被诬为不贞的女人。

设身处地替我想一想吧！没有模特儿,我能画吗?"

"我办不到!"卡罗丽娜哭着说,"要知道这不像样子!"

"您看见没有？看见没有？这也算是理由,见她的鬼!"

"我办不到! 说实在的,我办不到! 他叫我脱光衣服,而且还要站在窗前。……"

"我需要这样嘛! 我打算画的女人是在月光底下! 月光照在她胸脯上。……非利士人一起跑来,举着火把,火光照在她背上。……五彩缤纷啊! 我不能不这样画!"

"为了艺术,太太,"津扎加说,"您不但得忘掉羞耻,而且得忘掉一切……感情!……"

"可是我受不了,津扎加先生! 我不能站到窗前去给大家看!"

"给大家看。……不错,我们不妨认为,布特隆察太太,您是害怕人群的眼睛,其实所谓的人群,如果加以考察的话……艺术和理性的观点,太太……是这样的,那就是……"

津扎加说了些聪明人没法在嘴上说出来而且没法在笔下写出来的话,也就是十分正派而又极其难懂的话。

卡罗丽娜摇着手,在房间里跑来跑去,仿佛生怕人家硬要剥光她的衣服似的。

"我给他洗画笔,洗调色板,洗抹布,我的衣服给他的画弄得稀脏,我为养活他而出去教家馆,我给他缝衣服,我忍受大麻籽油的气味,我一连多少天站着给他做模特儿,我样样事情都做了,可是……如今叫我赤身露体?赤身露体?那我办不到!!!"

"我要跟你离婚,红头发的泼妇!"布特隆察叫道。

"那叫我上哪儿去?"卡罗丽娜惊叫道,"你先给我钱,让我回到当初你把我带出来的柏林去,然后再跟我离婚!"

"好吧!我画完苏萨娜,就把你打发到你的普鲁士去,打发到那个满是蟑螂、臭腊肠、旋毛虫的国家去!"布特隆察叫道,无意间胳膊肘撞着她的胸脯,"要是你不能为艺术牺牲自己,你就不配做我的妻子!野……蛮人。……魔鬼!"

卡罗丽娜放声大哭,抱住头,在椅子上坐下。

"你干什么?!"布特隆察大吼一声,"你坐在我的调色板上了!!"

卡罗丽娜站起来。她身子底下果然有一块新调好颜料的调色板。……啊,上帝!为什么我不是画家?如果我是画家,我就会献给葡萄牙一幅伟大的画!津扎加摇一下手,溜出第一百四十八号房间,庆幸他自己不是画家,同时又痛心,因为他虽是个长篇小说作家,却没能在画家那儿吃到饭。

在第一百四十七号房间门口他遇到个脸色惨白、神色慌张、浑身发抖的女人。她是第一百一十三号房间的房客,未来的皇家剧院演员彼得·彼得鲁千察·彼得鲁利奥的妻子。

"您怎么了?"津扎加问她。

"哎呀,津扎加先生!我们闯了祸!这可怎么办?我的彼得受伤了!"

"怎么受伤的?"

"他练习从上边往下跳,不料一头撞在箱子上。"

"倒霉的人啊!"

"他快死了!这可怎么办?"

"去找大夫,太太!"

"可是他不愿意找大夫!他不信医学,再说……他在所有的大夫那儿都欠着债。"

"既是这样,那您就到药房里去一趟,买醋酸盐药水。这种药水治伤口很灵验。"

"这种药水多少钱一瓶?"

"便宜,很便宜,太太。"

"谢谢您。您永远是我的彼得的好朋友!我们还剩下一点钱,那是他在巴拉班达·阿里蒙达伯爵家演堂会戏挣来的。……我不知道这点钱够不够。您……

您能借给我一点钱去买那种酱酸盐吗?"

"醋酸盐,太太。"

"我们不久就还给您。"

"我办不到,太太。我买下三令纸,把钱花得一个也不剩了。"

"那就再见!"

"祝您健康!"津扎加说着,鞠个躬。

未来的皇家剧院演员的妻子还没来得及从他面前走开,他就看见第一百零一号房间的女房客来到他面前,她的丈夫是小歌剧的歌唱演员,又是葡萄牙未来的奥芬巴赫①,大提琴和长笛的演奏者费尔吉南达·拉依。

"您有什么事?"他问她说。

"津扎加先生,"歌剧演员兼乐师的妻子绞着两只手说,"请您费心,去管管我那个胡闹的家伙!您是他

---

① 奥芬巴赫(1819—1880),法国作曲家,古典小歌剧巨匠。

的朋友。……也许您能够制止他。这个不要脸的人大清早起就扯开嗓门哇哇地唱,唱得我都没法活了!小孩子没法睡觉,我呢,简直让他那哇哇叫的男中音撕得粉碎!看在上帝面上,津扎加先生!都因为他,我甚至不好意思见邻居的面了。……您信不信?连邻居的孩子们都托他的福,没法睡觉。劳驾,您跟我走一趟!也许,您好歹能够管住他。"

"遵命,太太!"

津扎加向歌剧演员兼乐师的妻子伸过一条胳膊去,由她挽住,往第一百零一号房间走去。第一百零一号房间里有张大床占去一半地方,有只摇篮占去四分之一地方,大床和摇篮之间立着一个乐谱架。乐谱架上放着颜色发黄的乐谱,葡萄牙未来的奥芬巴赫正看着乐谱唱歌。他究竟在唱些什么,一时间是很难听明白的。只有凭他那冒汗的红脸,凭他对自己和别人的耳朵所发生的影响,才能推断他唱得很差,费力,像发疯一样。看来,他唱歌是活受罪。他用右脚和右拳打拍子,同时把胳膊和腿举得高高的,老是碰掉乐谱架上的乐谱。他伸长脖子,眯细眼睛,歪着嘴,伸出拳头捶肚子。……摇篮里躺着个小小的活人,又喊又嗥,尖声怪叫,给他的声嘶力竭的爸爸伴奏。

"拉依先生,现在您该休息了吧?"津扎加走进门来,问拉依说。

拉依没听见。

"拉依先生,现在您该休息了吧?"津扎加又问一遍。

"把他抱走!"拉依唱着,同时把下巴朝摇篮那边扬一下。

"您在练习什么歌?"津扎加大声问道,竭力要盖过拉依的声音,"您在练什么歌?"

拉依唱得接不上气了,这才停住嘴,呆呆地望着津扎加。

"您有什么事?"他问。

"我?哦……我……也就是说……现在您该休息

了吧?"

"可是这关您什么事?"

"不过您累了,拉依先生!您这是在练习什么歌?"

"献给巴拉班达·阿里蒙达伯爵大人的颂歌。然而这关您什么事?"

"不过现在已经是夜间了。……现在,从某种意义上说,是睡觉的时候了。……"

"我得一直唱到明天上午十点钟。睡觉对我们没有什么好处。谁喜欢睡觉,就让谁去睡,我呢,为葡萄牙的福利,也许还为全世界的福利,不应当睡觉。"

"可是,我的朋友,"他的妻子插嘴说,"我和我们的孩子要睡觉!你这么大声地嚷,慢说别人不能睡觉,就连在这个房间里坐着也不行!"

"要是你想睡觉,你自管睡好了!"

说完这话,拉依就用脚打拍子,唱起来。

津扎加堵上耳朵,像疯子一样逃出第一百零一号房间。他回到自己房间里,却看见一幅扣人心弦的画面。他的阿玛兰达靠桌子坐着,在誊清他的中篇小说。她的大眼睛里淌下大颗泪珠,滴在草稿本上。

"阿玛兰达!"他抓住妻子的手,叫道,"难道我这可怜的中篇小说里那可怜的主人公居然把你感动得流泪吗?是这样吗,阿玛兰达?"

"不是的,我不是为你的主人公哭。……"

"那你为什么哭呢?"大失所望的津扎加问。

"我的女朋友索菲雅·费尔德拉班捷罗·涅拉克鲁茨·罗兹加,也就是你的朋友雕塑家的妻子,把她丈夫已经塑好、准备献给巴拉班达·阿里蒙达伯爵的塑像碰碎了……她看到丈夫悲伤,受不了……就吞下火柴自尽了!"

"不幸的……塑像呀!哎,这些妻子,巴不得叫鬼抓了你们去,顺带把你们那些碰翻一切东西的长衣裾也抓走才好!她服毒自尽了?见鬼,这倒是长篇小说的题材呢!!!不过,这个题材没有多大意思!……在这个世界上，人人都要死的。……不是今天就是明天，不是明天就是后天，你的女朋友反正也得死。……你把眼泪擦干吧，你与其哭，还不如听我讲的好。……"

"讲新的长篇小说提纲吗？"阿玛兰达小声问道。

"对了。……"

"我明天早晨听你讲岂不更好，我的朋友？早晨脑子多少清楚点。……"

"不，你今天听吧。明天我没工夫。俄国作家捷尔查文①到里斯本来了，明天早晨我得去拜访他。跟他一块儿来的，还有你所喜爱的……说来令人遗憾……还有你所喜爱的维克多·雨果。"

"是吗？"

"是的。……那你就听我讲吧！"

津扎加在阿玛兰达对面坐下，把头往后一仰，讲起来：

---

① 捷尔查文（1743—1816），俄国诗人，古典主义的代表人物。

"情节发生的地点是全世界。……葡萄牙、西班牙、法国、俄国、巴西等。男主人公在里斯本的报纸上读到女主人公在纽约遭到不幸。他去了。他被海盗捉住,而那些海盗是由俾斯麦的暗探买通的。女主人公是法国暗探。报纸上的暗示。……英国人。奥地利的波兰派和印度的吉卜赛。阴谋。男主人公下狱。人家打算收买他。听明白了吗?下面……"

津扎加讲得动人而热烈,摇着手,眼睛放光……他讲了很久很久……长得要命!

阿玛兰达睡着两次,醒来两次,街上的路灯熄灭,太阳升上来了,可是他仍旧在讲。时钟敲过六下,阿玛兰达胃里不好受,想喝早茶,可是他仍旧讲个不停。

"俾斯麦提出辞呈。男主人公不愿意再隐姓埋名,就说出他的姓名阿尔丰索·宗祖加,非常痛苦地死了。安静的天使把他安静的灵魂送上蓝天。……"

等到时钟敲七下,津扎加才算讲完。

"如何?"他问阿玛兰达,"你说怎么样?你认为阿尔丰索和玛丽雅之间那个场面书报检查机关通得过吗？啊？"

"不，那个场面很动人！"

"总的说来，这篇小说好吗？你说实话。你是女人，而我的大多数读者都是女人，所以我非知道你的意见不可。"

"该怎么跟你说好呢？我觉得好像已经在什么地方遇到过你这个男主人公，只是不记得究竟是在什么地方。……"

"这不可能！"

"真的。我在一本长篇小说里遇到过你的男主人公，而且应当说，那是一本无聊透顶的长篇小说！当初我读那本长篇小说，心里就纳闷，这类荒唐的东西怎么会出版呢。我把它读完，就断定作者至少一定蠢得像木头。……荒唐的东西倒印出来了，你的作品却很少印出来。真是怪事！"

"你至少总该记得那本长篇小说的名字吧？"

"书名我记不得,不过男主人公的名字我倒记得。……这个名字我记得很牢,因为它一连有四个'尔'字。……真是个荒唐的名字……卡尔尔尔尔罗!"

"莫非是在《大海中的女梦游者》那本书里吗?"

"对,对,对,就是那本书里。我们的文学作品你记得多么清楚!就是那本书里。……你的男主人公很像卡尔尔尔尔罗,不过,当然,你写的人物聪明得多。你怎么了,阿尔丰索?"

阿尔丰索跳起来。

"《大海中的女梦游者》就是我写的长篇小说!!!"他叫道。

阿玛兰达脸红了。

"这样说来,我的长篇小说,我的作品,无聊透顶?"他嚷得那么响,连阿玛兰达的嗓子都觉得痛了,"哼,你这没脑筋的鸭子!原来您,夫人,就是这样看待我的作品吗?原来就是这样,母驴?您无意中说出了真话吧?从今以后您休想再见到我!再见!

哼……呸……白痴！我的长篇小说无聊透顶?！巴拉班达·阿里蒙达伯爵明白他出版的是什么书！"

津扎加向妻子投过去轻蔑的一瞥,把帽子低低地拉到眼睛上,走出第一百四十七号房间,砰的一声关上门。

阿玛兰达叹了口气,可是没有哭,也没有当场昏倒。她知道阿尔丰索·津扎加不管生多大的气,总会回到第一百四十七号房间里来。……对这个长篇小说作家说来,永远离开第一百四十七号房间就无异于开始在葡萄牙蔚蓝色天空下生活,因而就得在里斯本人行道上写作,还得找个不要报酬的女誊写员。这一点阿玛兰达是知道的,因而她丈夫走后,她倒不大担心。她只是叹口气,开始安慰自己。照例,在夫妇之间这种常有的口角以后,她总是读一张旧报纸来安慰自己。旧报纸收藏在她本来装糖果用的白铁盒里,跟装过香水的小空瓶放在一起。旧报纸上除了广告、电讯、政治、时事以及其他各项人间事务以外,还有一颗珍珠,也就是报纸上所谓的杂俎栏。杂俎栏里有几篇故事,有的描写一个美国人怎样施展巧计赚了另一个美国人,有的描写著名歌唱家杜巴多拉·斯维斯特小姐怎样吃光一大桶牡蛎,没有沾湿靴子就翻过了安第斯①,另外还有一个小故事,非常适合于安慰阿玛兰达和其他艺术家的妻子。现在我把这个故事照抄如下:

"请葡萄牙人和他们的女儿注意。在克里斯多芬·哥伦布这个精力极其充沛而且极其勇敢的人所发现的美洲一个城市里,住着医生坦涅尔。这个坦涅尔与其说是科学家,不如说是别具一格的艺术家,因此,他在地球上和葡萄牙就不是以科学家,而是以别具一格的艺术家闻名。他是美国人,同时又是普通人,既是普通人,早晚就必然会恋爱,有一回他果然这样做了。他爱上个美丽的美国女人,而且爱得神魂颠倒,不下于艺术家,爱到了有一次开药方,该写蒸馏水②而竟写成

---

① 拉丁美洲的山脉,不是江河湖泊。
② 原文为拉丁语。

硝酸银①了,后来他求婚,终于结婚了。起初他同美丽的美国女人生活得非常幸福,结果违反蜜月的本质,把蜜月②延长,不是一个月而是六个月③。毫无疑问,坦涅尔是有学问的人,因而是最容易相处的人,要不是他在妻子身上发现一种可怕的恶习,他俩原会幸福地生活到死。坦涅尔太太的恶习就是她像一般人那样要吃东西。妻子这个恶习使坦涅尔感到痛心。'我要重新教育她!'他给自己提出这个任务,而且开始启发坦涅尔太太。起初他教她不吃早饭和晚饭,其次教她不喝茶。婚后一年,坦涅尔太太准备出来的午饭,已经不是四道菜,而是只有一道。成亲以后过了两年,她所吃的已经只限于少得出奇的一点点食物。她一昼夜吃下和喝下的营养品的分量开列如下:

---

① 原文为拉丁语。
② 蜜月比平常的月短,蜜月只有20天零5个钟头15分又16秒。——作者注
③ 不可能!——作者注

盐	1 喱①
蛋白质	5 喱
脂肪	2 喱
水（蒸馏过的）	7 喱
匈牙利葡萄酒	$1\frac{1}{23}$ 喱
共　　计	$16\frac{1}{23}$ 喱

"我们没计算气体，因为科学还不能确切地规定我们所需要的气体数量。坦涅尔胜利了，然而为时不久。在婚后生活的第四年，有个想法开始煎熬他，那就是坦涅尔太太所吃的蛋白质营养品太多了。他就越发出力训练她，要不是他觉得不再爱他的妻子，他也许就会达到目的，把五喱缩减为一喱或者零了。他是个爱美的人，因而不能不厌恶他的妻子。坦涅尔太太非但没有直到老死仍然是美国的美人儿，反而无缘无故，异想天开，变成美国木柴之类的东西，失去原有的姿色和

---

① 1 喱等于 0.062 克。

智力,这表明,她虽然还适合于进一步训练,可是已经完全不适合过夫妇生活了。坦涅尔医生要求离婚。于是有学问的专家纷纷来到他家,从各方面考察坦涅尔太太,劝她到矿泉地去疗养,做体操,给她开食谱,认为他们可敬的同行的要求完全合法。坦涅尔医生送给同行兼专家们每人一枚金元,招待他们吃了一顿丰盛的早饭,于是……从那时候起,医生住在一个地方,他的妻子住在另一个地方了。可悲的故事!女人啊,你们常常成为伟人的灾难根源。女人啊,伟人身后往往缺乏子嗣,这岂不是你们的罪过?葡萄牙人啊,你们的良心负着一项责任,就是教育你们的女儿!不要把你们的女儿培养成破坏安乐家庭的人!!我讲完了。明天适逢主编诞辰,本报停刊一日。葡萄牙人啊!你们谁没有交足订报费,要赶快补交!"

"可怜的坦涅尔太太!"阿玛兰达看完这个小故事,轻声说,"可怜的女人!她多么不幸!啊,跟她相比,我多么幸福!我多么幸福啊!"

契诃夫小说选集

阿玛兰达暗自庆幸这个世界上还有人比她更加不幸,就小心地把报纸叠好,放回盒子里,然后,想到她不是坦涅尔太太而心里高兴,就脱掉衣服,躺下睡觉了。

她一直睡到阿尔丰索·津扎加饿得不得了,跑来叫她,才醒过来。

"我想吃东西!"津扎加说,"穿上衣服,我亲爱的,到你的母亲①那儿去要钱。不过,顺便说一句②:我给你赔罪。我说得不对。刚才我去拜访俄国作家捷尔查文,他是跟另一个俄国作家莱蒙托夫一块儿来的。据捷尔查文说,有两本长篇小说用同一个书名《大海中的女梦游者》,可是内容完全不同。去吧,我的朋友!"

津扎加趁阿玛兰达穿衣服的时候,对她讲起他打算写个故事,顺便还提到,他写这个震动身心的故事也要求她作出点牺牲。

"牺牲不大,我的朋友!"他说,"你得凭我的口述

---

① 原文为西班牙语。
② 原文为法语。

把我的描写记下来,这至多破费你七八个钟头,然后你再把它誊清。顺便,把你对我所有作品的看法捎带着写在一张纸上。……你是女人,而我的大多数读者是女人。……"

津扎加说了点谎。并不是他的大多数读者都是女人,而是他的全部读者只有一个女人,因为阿玛兰达并不是"许多女人",只是"一个女人"而已。

"你同意吗?"

"好,"阿玛兰达低声说,脸色煞白,往一本破烂的、老是丢在一旁没人理会的、盖满尘土的百科词典上倒下去,昏迷不醒了。……

"这些女人可真是怪!"津扎加叫道,"我说得对,我在《一千把火》里说过:女人这种生物对人类来说永远是个谜,永远使人惊奇!只要有一点点喜事,就能把她乐得晕倒在地!哎,女人的脾气呀!"

幸福的津扎加就在不幸的阿玛兰达面前跪下,吻她的额头。……

诸位女读者,事情就是这样!

你们要知道,姑娘们和寡妇们,这些艺术家你们万万嫁不得!乌克兰佬说得好:"求主保佑,叫那些艺术家滚蛋吧!"与其住在"毒天鹅"最好的房间里,得到巴拉班达·阿里蒙达伯爵最好的庇护,姑娘们和寡妇们啊,还不如住在随便哪家卖烟草的小店里,或者索性在市上卖鹅的好。

真的,还不如这样好!

绿 沙 滩

短小的长篇小说

第 一 章

在黑海岸边,我的日记里和我的男女主人公的日记里都称之为"绿沙滩"的小地方,立着一座漂亮的别墅。从建筑师的观点看来,从喜爱一切严谨的、完善的、有气派的东西的人的观点看来,这个别墅也许一无是处,不过用诗人和画家的观点来看,它却美得出奇。我所以喜欢它,是因为它具有谦虚的美,因为它并不由于自己美而把四周的美都压得透不过气来,因为它一点也不发散大理石的凉气和圆柱的傲气。看上去它显得亲切、温暖,颇有浪漫意味。……它坐落在亭亭玉立的银白色杨树当中,带着小塔和尖塔,四周是锯齿形围墙和高杆,看起来像是中世纪的建筑物。我瞧着它,就想起德国那些感伤主义的长篇小说,以及其中的骑士、城堡、哲学博士、神秘的伯爵夫人。……这个别墅建在山上。别墅四周是草木葱茏的园子,其中有林荫路,有喷泉,有温室。下边,山脚下,是严峻的、碧波荡漾的海洋。……空中常常刮来潮湿而迷人的微风,鸟雀的叫声多种多样,天空永远晴朗,海水清澈见底,这真是个美妙的小地方!

别墅的女主人玛丽雅·叶果罗芙娜·米克沙德节是公爵夫人,她丈夫不是格鲁吉亚人就是彻尔克斯人。她年纪在五十岁上下,身量高而丰满,从前无疑地是著名的美人。她是善良、可爱、好客的女人,可是性情过于严厉。然而与其说她严厉,不如说她任性。……她用好酒和好菜款待我们,借给我们大把的钱,同时却又把我们折磨得很苦。礼节是她特别看重的事。她特别看重的另一件事,就是她是公爵夫人。她念念不忘这两件事,总是做得非常过火。比方说,她脸上从来也不带笑容,这多半是因为她认定对她来说,而且一般地对贵妇①来说,微笑是不成体统的。谁哪怕只比她小一岁,谁就是小娃娃。贵族的门第依她看来是一种美德,除此以外一切都是不足挂齿的小事。她的仇敌是轻薄和浮躁,她喜爱沉默寡言,等等,等等。有时候,我们几乎受不了这个夫人。要不是她的女儿,也许现在我们就未必会乐于回忆绿沙滩了。那个善良的女人在我们的回忆中成为一个最灰色的斑点。给绿沙滩增添光彩的是玛丽雅·叶果罗芙娜的女儿奥丽雅。奥丽雅是个大约十九岁的金发姑娘,生得娇小,苗条,俊俏。她活泼而不愚蠢。她擅长绘画,研究植物学,法国话讲得很

---

① 原文为法语。

好,德国话却讲得差,读很多书,跳起舞来不下于脱西库①本人。她在音乐学院学过音乐,钢琴弹得很不坏。我们这些男人都喜欢这个碧眼的姑娘,我们倒不是"爱上"她,而是喜欢她。我们这些人都觉得她像是亲人,自己人。……绿沙滩缺了她,在我们是不可想象的。缺了她,绿沙滩的诗意就不圆满。她无异于可爱的风景画上一个美貌的女人,而我是不喜欢没有人的图画的。海洋的波涛声和树木的飒飒声本来就很好听,不过要是再加上奥丽雅的女高音,以及我们这些男低音和男高音的伴唱和钢琴的伴奏,那么海洋和园子就变成人间天堂了。……我们都喜欢公爵小姐。事情也不能不是这样。我们都管她叫作我们这伙人的女儿。奥丽雅也喜欢我们。她乐于跟我们这伙男人交往,只有在我们当中才感到心情畅快。每逢我们不在她身旁,她就容貌憔悴,不再歌唱。我们这伙人有的是

---

① 古希腊神话中九个缪斯神之一,司舞蹈。

客人,也就是绿沙滩的夏季房客,有的是邻居。第一种人当中有亚科甫金医师,有敖德萨城的报纸工作人员穆兴,有物理学硕士菲威依斯基(现在他做副教授了),有三个大学生,有画家契诃夫①,有哈尔科夫城的一个男爵和法学家,还有以前做过奥丽雅家庭教师的我(那时候我教她说很差的德国话,还教她捕捉金丝雀)。每年五月,我们在绿沙滩聚会,整个夏天那座中世纪城堡的多余房间和所有的厢房都由我们住满。每年三月间总有两封信寄来,约我们到绿沙滩去,其中一封是公爵夫人写的,措辞庄重而严厉,充满教诲,另一封是怀念我们的公爵小姐写的,内容很长,兴致勃勃,充满各式各样的计划。我们就到那儿去做客,直到九月间才走。邻居们每天都到我们这儿来,有退役的炮兵中尉叶果罗夫,是个年轻人,两次报考军事学院,两次都落第了,他是头脑聪明、读书很多的人;还有学医

---

① 指作者的二哥,画家尼古拉·巴甫洛维奇。——俄文本编者注

的大学生柯罗包夫①和他的妻子叶卡捷莉娜·伊凡诺芙娜;还有地主阿列乌托夫以及其他许许多多地主,有的是退役军人,有的还没退役,有的快活,有的乏味,有的是浪子,有的是废物。……整个夏天,这一大帮人无休无止、日日夜夜地吃啊,喝啊,弹琴啊,唱歌啊,放焰火啊,说俏皮话啊。……奥丽雅十分喜欢这帮人。她叫啊喊的,转来转去,比大家都闹得厉害。她成了这伙人的灵魂。

每天傍晚,公爵夫人把我们召集到客厅里去,涨红脸,指责我们的行为"不成体统",把我们羞辱一场,赌咒说我们把她闹得头都痛了。她喜欢教训人,讲得恳切,深深相信她的教诲对我们有益。挨骂最厉害的是奥丽雅。按她的看法,罪魁祸首就是奥丽雅。奥丽雅怕母亲。她尊重母亲,站在那儿听她的教诲,一言不发,涨红脸。公爵夫人把奥丽雅看作小孩子。她罚奥

---

① 指作者在莫斯科大学医学系读书时的同学尼古拉·伊凡诺维奇·柯罗包夫。——俄文本编者注

丽雅站墙角,不准她吃早饭或者午饭。谁要给奥丽雅打抱不平,谁就是火上加油。要是可能的话,公爵夫人也会罚我们站墙角的。她打发我们去做晚祷,吩咐我们朗诵圣徒言行录,清理我们的内衣,干涉我们的私事。……我们屡次把她的剪刀拿走,后来不知放到哪儿去了,或者忘记把她的酒精放在什么地方,或者找不到她的顶针在哪儿。

"粗心的家伙!"她常常喊道,"你走过这地方,掉了东西也不拾起来!要拾起来!马上就拾!这是主打发你们来惩罚我。……躲开我!不要站在风口上!"

有时候我们为了逗乐,就由某人故意做错一件事。老太婆得到消息,就把他叫去。

"是你把花圃踩坏的吗?"法官开审道,"你怎么敢做这种事?"

"我一不小心……"

"闭嘴!你怎么敢做出这种事来,我问你?"

审判终于以开恩赦免并且让罪犯吻一下她的手而

结束。等到法官走出房外,大家就哄堂大笑。公爵夫人从没对我们亲热过。她只有对老太婆和小孩子才说亲热的话。

我一次也没见过她面带笑容。有个衰老的将军每星期日都坐车到她家里来打纸牌,她总是小声对他保证说,我们虽然是些博士和硕士,有的是男爵、画家、作家,可是缺了她的聪明才智,我们就会完蛋。……我们也不打算反驳她。……我们暗想:就让她去自鸣得意吧。……要不是公爵夫人逼着我们至迟八点钟起床,至迟十二点钟上床,那么她这个人本来还不算讨厌。可怜的奥丽雅到十一点钟就得上床睡觉。顶嘴是不行的。不过,老太婆这么不近情理地侵犯我们的自由,我们也捉弄过她!我们成群结队地走到她那儿去向她赔罪,给她写些罗蒙诺索夫风格的贺诗,为她画一个米克沙德节公爵家的树形纹章,等等。公爵夫人却对这一切信以为真,我们就扬声大笑。公爵夫人喜欢我们。每逢她对我们表示惋惜,说我们不是公爵,她总是很恳切地长叹一声。她已经跟我们混得很熟,把我们看作她的孩子了。……

她唯独不喜欢叶果罗夫中尉。她满心痛恨他,对他抱着极深的恶感。她所以接待他,只是因为她跟他有钱财上的往来,要顾全礼节罢了。从前中尉倒是受她宠爱的。他相貌英俊,善于说俏皮话,平时不大开口,又是军人(这一点公爵夫人看得很重)。然而有时候叶果罗夫有点怪脾气。……他坐在那儿,用拳头支着脑袋,开始恶狠狠地咒骂。他把所有的事情和所有的人,也不管是死人还是活人,都挖苦一通。每逢他开口说刻薄话,公爵夫人就生气,把我们这些人统统赶出房外去。

有一次吃饭,叶果罗夫用拳头支着脑袋,没来由地讲起高加索的公爵们,后来从衣袋里取出一本《蜻蜓》,公然当着米克沙德节公爵夫人的面念出下面这一节文字:"梯弗里斯①是个好城。它具备好城市所应

---

① 梯弗里斯是格鲁吉亚共和国的首都第比利斯的旧名。

有的优点,例如在这个城里,'公爵们'甚至扫街,在旅馆里擦皮靴……"等等。公爵夫人从桌旁站起来,一句话也没说就走出去了。后来他在她的追荐亡者名册①上写下我们的姓名,她就越发痛恨他。由于中尉渴望同奥丽雅结婚,而奥丽雅也爱上了中尉,这种痛恨就显得特别不合时宜,使人失望。中尉虽然不大相信他的渴望能够实现,可是仍然热切地渴望着。奥丽雅悄悄地爱着他,遮遮掩掩,羞羞答答,只有她自己知道,外人几乎看不出来。……恋爱在她无异于走私,这种感情由残酷的禁令②压制着。她是不准恋爱的。

第 二 章

这个中世纪的城堡里差点发生一件中世纪的

---

① 这个名册记录着需要追荐的人名,由教堂的神甫在祈祷时朗读这些名字。
② 原文为拉丁语。

蠢事。

大约七年前,米克沙德节公爵还在世,他的好朋友叶卡捷琳诺斯拉夫卡省的地主柴希德节夫公爵到绿沙滩来做客。他是很富有的人。他一辈子寻欢作乐,而且是发疯般地寻欢作乐,可是尽管如此,他一直到死仍然是富翁。从前米克沙德节是他的酒友。他串通米克沙德节把一个姑娘从父母家里拐走,后来她就成了柴希德节夫公爵夫人。这件事把两个公爵联在一起,成了最要好的朋友。柴希德节夫是带着儿子一起来做客的,那个青年生着暴眼睛,窄胸脯,黑头发,是中学生。柴希德节夫头一件事就是回忆往事,跟米克沙德节一块儿开怀畅饮,那个青年向奥丽雅献殷勤,当时她还是个十三岁的姑娘。这种献殷勤被人们发现了。他们的父母挤了挤眼睛,说青年和奥丽雅倒可以配成不坏的一对呢。两个喝醉酒的公爵就吩咐孩子们接吻,他们自己互相握手,也接吻。米克沙德节甚至感动得哭起来。"这是上帝成全的!"柴希德节夫说,"你有个女儿,我有个儿子。……这是上帝成全的!"

他们给孩子一人一枚戒指,让他们合照一张相。照片就挂在大厅里,惹得叶果罗夫很久心神不安。她呢,成了大家取笑的对象,俏皮话多得数也数不清。玛丽雅·叶果罗芙娜公爵夫人却郑重其事地给未来的夫妇祝福。双方的父亲闲得无聊而想出这么个主意,她觉得很满意。柴希德节夫父子走后过一个月,奥丽雅从邮局收到一批极其豪华的礼品。此后她每年都收到这类礼品。出人意外,年轻的柴希德节夫对这件事倒很严肃。他是个很不开展的人。他每年都到绿沙滩来,勾留整整一星期,却始终沉默不语,躲在自己房间里写情书,派人送给奥丽雅。奥丽雅读那些信,觉得怪难为情的。聪明的姑娘暗自惊讶,不明白这样大的人怎么会写出这样的蠢话来!他写的也真是些蠢话。……两年前米克沙德节死了。他临终对奥丽雅说了下面的话:"小心,你不要嫁给一个蠢货!要嫁给柴希德节夫。他是个聪明而有出息的人。"奥丽雅知道柴希德节夫的智力如何,不过她没反驳她的父亲。她答应父亲说她会嫁给柴希德节夫。

"这是我爸爸的意志啊!"她对我们说,口气有点自豪,倒好像她在完成一件盖世无双的丰功伟绩似的。她引以自豪的是,父亲带着她的诺言进了坟墓。这个诺言那么不同寻常,富于浪漫气息!

可是自然和理性占了上风:退役的中尉叶果罗夫在她眼前不断地转来转去,柴希德节夫在她眼里就一年年变得越来越愚蠢了。……

有一次,中尉大着胆子向她隐约透露他的爱情,她就要求他以后不要向她再提这件事,对他讲起她对父亲许下的诺言,过后她哭了一夜。公爵夫人每星期都给柴希德节夫写信,当时他住在莫斯科,在大学读书。她叮嘱他快点结束学业。"在我这儿做客的不是像你这样刚留胡子的人,他们都早已毕业了。"她在信上对他说。柴希德节夫在粉红色信纸上极其恭敬地给她写回信,用两页信纸说明要早于规定的期限结束学业是不可能的。奥丽雅也给他写信。奥丽雅写给我的信却比写给未婚夫的信好得多。公爵夫人相信奥丽雅日后会成为柴希德节夫的妻子,要不然她就不会容许女儿跟一伙调皮、轻薄、不信神、"不是公爵"的家伙在一起玩乐,"干些无聊的事"了。……在这方面她不容许有任何怀疑。……丈夫的意志在她就是神圣的意志。……奥丽雅也相信她将来会改姓柴希德节娃。……

然而这样的事却没发生。两个父亲的主张,临到快要实现的关头却垮台了。柴希德节夫的恋爱没有成功。这场恋爱注定以轻松喜剧的形式结束。

去年六月末,柴希德节夫来到绿沙滩。他这次来,已经不是在校读书的大学生,而是大学毕业生了。公爵夫人见到他,就庄严、隆重地拥抱他,对他冗长地教诲了一番。奥丽雅穿着华贵的连衣裙,这是特为迎接未婚夫而做的。仆人们从城里运来香槟酒,点起焰火,第二天早晨,凡是住在绿沙滩的人都异口同声地议论结婚典礼,据说已经定在七月底举行了。"可怜的奥丽雅啊!"

我们小声议论着,从房间这一头走到那一头,气愤地瞅着我们所痛恨的那个东方人房间里朝着花园的窗子。"可怜的奥丽雅啊!"奥丽雅在园子里走来走去,脸色苍白,形容憔悴,露出半死不活的样子。"我爸爸和妈妈要我这样做嘛!"她看到我们纷纷向她提出友谊的忠告,缠住她不放,就回答说。"可是这未免太愚蠢!荒唐得很!"我们对她嚷道。她耸耸肩膀,把充满悲伤的脸扭过去,不理我们。她的未婚夫坐在自己房间里,写出一封封温柔的信来,打发听差送到奥丽雅那儿去。他望着窗外,看见我们居然有胆量同奥丽雅谈话和周旋,不由得吃惊。他只有吃饭时候才从房间里走出来。临到吃饭,他一句话也不说,什么人也不看,干巴巴地回答我们问的话。只有一次他大着胆子讲了个可笑的故事,可是就连这个故事也因为陈腐而变得庸俗了。饭后,公爵夫人叫他坐在她身旁,教他玩辟开①。柴希德节夫玩得很认

---

① 一种两人玩的纸牌戏。

真,往往考虑很久,耷拉着下嘴唇,额头上冒出汗珠。……这种玩牌的态度使公爵夫人很满意。

有一次,吃过饭后,柴希德节夫玩一阵辟开,悄悄溜走,跑去找奥丽雅,她正往园子里走去。

"奥尔迦·安德烈耶芙娜!"他开口说,"我知道您不爱我。我们的结合,说真的,愚蠢得出奇。不过我,不过我希望您将来会爱我。……"

他说完这些话,很窘,就侧着身子走出园外,回到自己房间里去了。

叶果罗夫中尉待在自己庄园上,什么地方也不去。他受不了柴希德节夫。

星期日(柴希德节夫到此地以后的第二个星期日),似乎是七月五日,大清早,公爵夫人的外甥,一个大学生,到我们厢房里来对我们传达命令。公爵夫人命令我们今天傍晚都得装束整齐,穿黑衣服,打白领结,戴上手套,态度要严肃,要机灵,要风趣,要听话,要把头发卷得像狮子狗一样,不许吵吵闹闹,我们房间里要收拾得像样。绿沙滩上要举行一次类似订婚仪式的盛典。从城里运来了葡萄酒、白酒、冷荤菜。……伺候我们的仆人都给叫走,到厨房里干活去了。吃过中饭后,客人们纷纷光临,直待到夜深。八点钟,那是在划过船以后,舞会开始了。

跳舞之前,我们这些男人开了个会。在会上我们一致作出决定:不管怎样也要让奥丽雅摆脱柴希德节夫,即使这会使得我们闹出极大的乱子也在所不惜。开完会以后,我立刻动身去找叶果罗夫中尉。他住在自己庄园上,离绿沙滩二十俄里远。我坐着车到他那儿,碰上他在家,可是他成了一副什么样子啊!中尉喝得酩酊大醉,睡得像死人一样。我使劲推醒中尉,给他洗脸,穿好衣服,不顾他用脚踢人,开口骂人,还是把他带到绿沙滩来了。

十点钟,舞会正开得热闹。人们在四个房间里跳舞,两架上等的钢琴伴奏。在休息时间,园子里小山上,另一架钢琴弹奏起来。连公爵小姐也欣赏我们放的焰火。我们在园子里,海岸边,以至海洋远处的小艇上燃起焰火。房顶上,彩色缤纷的孟加拉焰火接二连三放起来,照亮整个绿沙滩。人们在两个餐厅里喝酒:一个设在园子的凉亭里,一个在正房里。这个傍晚的主人公显然是柴希德节夫。他跟奥丽雅跳舞,脸颊上泛起红晕,鼻子上冒汗,穿一件紧身的礼服,病态地微笑着,感到不自在。他一边跳舞,一边注意自己的舞步。他渴望多少显点什么本领,可又没有什么本领可显。事后奥丽雅对我说,她这天傍晚为可怜的公爵很难过。她觉得他可怜。以前他在大学里上每一堂课,以及躺下睡觉或醒来的时候,总是思念他的未婚妻,可是现在似乎已经预感到她要被人夺走了。……目前他瞧着我们,眼睛里充满祈求的神情。他已经预感到我们是强大而无情的对手了。

高脚酒杯已经准备好,公爵夫人频频看表,因此我们推断,举行正式典礼的庄严时刻临近,大概到十二点钟,柴希德节夫就会得到许可吻奥丽雅了。必须采取行动才行。十一点半钟,我在脸上扑了点粉,为的是显得白一点,再把我的领结扯歪,把头发揪乱,然后带着焦虑的脸色往奥丽雅跟前走去。

"奥尔迦·安德烈耶芙娜,"我抓住她的手,开口说,"看在上帝面上吧!"

"出了什么事?"

"看在上帝面上。……您不要害怕,奥尔迦·安德烈耶芙娜。……事情也不可能不闹到这个地步。这是本来应该预料得到的。……"

"到底怎么回事?"

"您不要害怕。……那个……看在上帝面上,我亲爱的!叶甫格拉弗①……"

"他怎么了?"

奥丽雅脸色苍白,睁着信任而亲切的大眼睛盯住我。……

---

① 叶果罗夫的名字。

"叶甫格拉弗就要死了。……"

奥丽雅身子摇晃了一下,用手指摩挲她苍白的额头。

"我早就料到会出这种事,"我继续说,"他就要死了。……您救救他吧,奥尔迦·安德烈耶芙娜!"

奥丽雅抓住我的手。

"他……他……在哪儿?"

"就在这儿,在花园的亭子里。可怕呀,我亲爱的!不过……人家在看我们。我们到露台上去吧。……他没责怪您。……他知道您对他……"

"他……他怎么了?"

"不妙,很不妙!!"

"我们走吧。……我要去看他。……我不愿意他因为我……因为我……"

我们走出去,到露台上。奥丽雅膝盖往下弯。我做出擦眼泪的样子。……我们那伙人当中,不断有人带着苍白而忧虑的脸色和担惊受怕的神情跑过我们身旁。

"血止住了……"物理学硕士小声对我说,他的说话声刚好能让奥丽雅听见。

"我们去吧!"奥丽雅小声说,挽住我的胳膊。

我们就走下露台。……夜晚宁静而明亮。……钢琴声、乌黑的树木的飒飒声、草螽的唧唧声,合成一片悦耳的音响。下边,海洋里响着低缓的波浪声。

奥丽雅几乎走不动了。……她的腿往下弯,给她沉重的连衣裙裹住,难于举步。她周身发抖,心惊胆战,挨紧我的肩膀。

"不过话说回来,这件事不能怪我……"她小声说,"我对您起誓,这不能怪我。爸爸要这么办嘛。……他应当明白才是。……他有危险吗?"

"我不知道。……米哈依尔·巴甫洛维奇已经用尽一切办法。他是个好大夫,喜欢叶果罗夫。……我们到他那儿去吧,奥尔迦·安德烈耶芙娜。……"

"我……我不会看见什么吓人的事吗?我害

怕。……我看见了会受不了。他这么胡来是为什么?"

奥丽雅落泪了。

"这不能怪我……他得明白才是。我要给他解释清楚。"

我们走到凉亭跟前。

"就在这儿。"我说。

她闭上眼睛,两只手抓住我。

"我受不了……"

"您不要害怕。……叶果罗夫,你还没死吧?"我对着凉亭叫道。

"现在还没死。……什么事?"

在月光照耀下,中尉站在凉亭入口处,蓬头散发,由于饮酒过量而脸色惨白,身上穿着坎肩,纽扣都解开了。……

"什么事?"他又说一遍。

奥丽雅抬起头来,瞧见叶果罗夫。……她看看我,看看叶果罗夫,然后又看我。……我笑起来。……她脸色开朗了。她高兴得叫起来,往前迈出一步。……我心想她要生我们的气了。……可是这个姑娘不是动不动就生气的人。……她往前迈出一步,迟疑一下,就往叶果罗夫那边扑过去。叶果罗夫赶紧扣上坎肩的纽扣,张开胳膊。奥丽雅就扑在他的怀里。叶果罗夫高兴得笑起来,把头扭到一旁去,免得对着奥丽雅呼吸,嘴里叽叽咕咕地说了句毫无意义的话。

"您没有权利干那种事。……这不能怪我,"奥丽雅喃喃地说,"这是我父母的主张。"等等。

我回转身,很快地往灯火辉煌的正房走去。

这当口,正房里客人们准备向未婚夫和未婚妻道喜,焦急地不住看表。……听差们拥挤在前厅里,端着托盘,托盘上放着酒瓶和酒杯。柴希德节夫急躁地用左手揉搓右手,抬起眼睛找奥丽雅。公爵夫人在各处房间里走来走去,寻找奥丽雅,想教她该怎样行礼,用什么话回答母亲,等等。我们那伙人在微笑。

"你知道奥丽雅在什么地方吗?"公爵夫人问我说。

"不知道。"

"那你去找一下。"

我走进园子里,背着手,绕着正房走了两圈。我们的画家吹起喇叭来。这意思是说:"你要留住她,别放她走!"叶果罗夫就在凉亭里发出猫头鹰的叫声。那意思是说:"好吧!我留住她!"

我走了一会儿,回到正房里。前厅里那些听差把托盘放在桌子上,空着手站在那儿,呆望着客人们。客人们自己也莫名其妙,不住看表,而表上的长针已经指着一刻钟。钢琴不响了。所有的房间里都是一片深沉、恼人、冷清的肃静。

"奥丽雅在哪儿?"涨红脸的公爵夫人问我说。

"不知道。……她不在园子里。"

公爵夫人耸了耸肩膀。

"难道她不知道时候早已到了?"公爵夫人拉一下

我的袖子问道。

我耸耸肩膀。公爵夫人从我面前走开,对柴希德节夫小声说了句什么话。柴希德节夫也耸肩膀。公爵夫人也拉一下他的袖子。

"蠢丫头!"她抱怨着,跑遍整个正房。女仆们和中学生们、公爵小姐的亲戚们顺着楼梯咚咚响地跑上跑下,往园子深处走去,纷纷寻找失踪的未婚妻。我也走进园子。我担心叶果罗夫留不住奥丽雅,破坏了我们原定的捣乱计划。我往凉亭走去。我白担心了!原来奥丽雅正坐在叶果罗夫身旁,伸出小小的指头在他眼前比划着,低声呢语,娓娓不倦。……等到奥丽雅停住嘴,叶果罗夫就开口喃喃地讲话。他向她灌输公爵夫人称之为"思想"的东西。……他每说完一句话就亲热地吻她一下。他不住地讲,随时凑过去吻她,同时又把他的嘴扭到一旁,生怕奥丽雅闻出他的酒气。他们双双感到幸福,显然忘记世上的一切,没有留意到时间在过去。我在凉亭门口站了一会儿,满心高兴,不愿意搅扰他们的幸福和安宁,就往正房走去。

公爵夫人急得支持不住,正在闻酒精。① 她猜不出原因何在,生起气来,不好意思去见客人们和未婚夫。……她素来不动手打人,然而临到使女来报告她说到处找不到公爵小姐,她却打了使女一个耳光。客人们等了许久没喝到香槟酒,也没法贺喜,就微笑着,说些恶意中伤的话,然后又跳起舞来。

时钟敲一点钟,公爵小姐不见踪影。公爵夫人简直急疯了。

"这都是你们搞出来的把戏!"她走过我们这伙人当中任何一个人身旁,总压低喉咙抱怨说,"我要给她点厉害看看!她在哪儿?"

最后总算来了一个大恩大德的人,告诉她奥丽雅在什么地方。……这个大恩大德的人原来就是又小又胖的中学生,公爵夫人的外甥。中学生急急忙忙从花

---

① 为了镇静神经。

园里跑来,到公爵夫人跟前,在她膝头上坐下,钩住她的脖子,叫她低下头,凑着她的耳朵小声说话。……公爵夫人顿时脸色变白,咬住嘴唇,几乎咬出了血。

"在凉亭里吗?"她问。

"对。"

公爵夫人站起来,做出一副难看的脸相,近似勉强的微笑,向客人们申明道,奥丽雅头痛,请大家原谅,等等。客人们表示惋惜,匆匆吃完晚饭,开始分头走散。

到两点钟(叶果罗夫费尽心机,把奥丽雅留到两点钟),我在露台入口处一排夹竹桃矮树的后边站住,等着奥丽雅回来。我想看看奥丽雅的脸。我喜欢女人的幸福的脸。我想看一看对叶果罗夫的热爱和对母亲的恐惧怎样表现在同一张脸上,而且哪一种强烈些:是热爱呢,还是恐惧? 夹竹桃的香气我没闻多久。奥丽雅很快就来了。我定睛瞧着她的脸。她慢慢地走着,略微提起连衣裙,露出一双小鞋。她的脸给月亮和路灯照得很清楚,路灯挂在树干上,灯光闪烁,破坏了月光。她的脸严肃而苍白。只有她的唇角上稍微流露一点笑意。她的眼睛呆呆地望着地面,通常人们就是带着那样的眼神决定难题的。等到奥丽雅走上第一层台阶,她的眼睛就忙乱起来,左顾右盼:她想起母亲来了。她举起手微微碰一下揉乱的头发,游移不定地在第一层台阶上站一会儿,然后摇摇头,大起胆子往门口走去。……可是在这儿我注定要看见一个场面。……房门开了,奥丽雅苍白的脸给明晃晃的灯光照亮。奥丽雅全身一震,往后退一步,身子矮下半截。……看上去,倒好像有个什么东西把她压扁了似的。……原来公爵夫人站在门口,昂起头,涨红脸,由于愤怒和羞愧而发抖。……双方的沉默持续两分钟光景。……

"堂堂公爵的女儿,"公爵夫人开口说,"堂堂公爵的未婚妻,居然去跟一个中尉幽会?!而且是跟没出息的叶甫格拉弗幽会!贱丫头!"

奥丽雅把身子缩成一团,索索地打抖,像蛇似的溜过公爵夫人身旁,跑回她自己的房间里去了。她在床上坐下,眼睛里充满恐惧和忧愁,一刻也不放松地瞅着窗子,熬过整整一夜。……深夜两点多钟,我们又开会。在这次会上,我们讪笑幸福得陶醉的叶果罗夫,同时派哈尔科夫城的男爵兼法学家去找柴希德节夫办交涉。公爵还没有睡。哈尔科夫城的男爵兼法学家必须"友好地"对柴希德节夫指出,他柴希德节夫的处境尴尬,要求他,公爵,像思想成熟的人那样担起澄清这种尴尬局面的工作,顺便要求他原谅我们出面干预这件事,而且要"友好地",像思想成熟的人那样原谅才好。……柴希德节夫回答男爵说,他"很了解这一切",他对父亲的遗言并不重视,不过他爱奥丽雅,所以对婚事才这样坚定不移。……他带着感情握握男爵的手,答应明天就离开此地。

第二天早晨,奥丽雅来喝茶,脸色苍白,精神委顿,心里充满极为绝望的忧虑,又害怕又羞愧。……不过等到她在饭厅里看见我们,听到我们所说的话,就脸色开朗了。我们这伙人站在公爵夫人面前嚷叫。大家异口同声嚷个不停。我们摘掉我们小小的假面具,向老公爵夫人高声宣扬那些很像昨天叶果罗夫向奥丽雅所灌输的"思想"。我们讲到妇女的人格,讲到自由选择的合理性,等等。公爵夫人一言不发,阴沉地听我们讲话,读着叶果罗夫派人给她送来的一封信,其实那封信是我们这伙人合写的,其中满是"由于年龄太轻""由于缺少经验""希望您为我们祝福"之类的话。公爵夫人把我们的话听完,把叶果罗夫的长信读完,然后才说:

"你们这些娃娃不配教导我这个老太婆。我干的事我明白。请你们喝完茶就离开此地,到别处去弄昏人家的头脑吧。你们不应该跟我这个老太婆一块儿生活。……你们都是聪明人,我呢,是个傻瓜。……求上帝跟你们同在,诸位先生!……我一辈子都感激你们呢!"

公爵夫人把我们赶走了。我们给她写了一封道谢信,吻过她的手,就无可奈何地坐上马车,当天到叶果罗夫的庄园上去了。我们走后,柴希德节夫也走了。在叶果罗夫家里,我们不干别的,专门喝酒,思念奥丽雅,安慰叶果罗夫。我们在他家里住了大约两个星期。到第三个星期,我们的男爵兼法学家接到公爵夫人写来的信。公爵夫人请求男爵到绿沙滩去,为她起草一个什么文件。男爵就去了。他走后大约过了三天,我们也到那儿去,装成去找男爵的样子。我们是吃中饭前到达绿沙滩的。我们没有走进正房,光是在园子里溜达,不时看一下窗子。公爵夫人在窗子里看见我们了。

"是你们来了吗?"她叫一声。

"是我们。"

"有什么事吗?"

"是来找男爵的。"

"男爵可没有工夫跟你们这些该绞死的家伙一块儿找人家抬杠!他在写东西呢。"

我们脱掉帽子,往窗前走去。

"您身体可好,公爵夫人?"我问。

"你们何必在外头溜达?"公爵夫人回答说,"到屋子里来吧。"

我们就走进房间里,各自温顺地在椅子上坐下。公爵夫人非常想念我们这伙人,看见我们这样温顺,很满意。她留我们吃中饭。吃饭的时候,我们有人把汤匙掉在地下,她就骂他"粗心的家伙",指责我们在饭桌上举止不得体。我们跟奥丽雅一块儿散步,后来留下来过夜。……第二天我们又留下来过夜,而且就此在绿沙滩一直住到九月。我们自然而然地和解了。

昨天我接到叶果罗夫写来的信。中尉写道,他去年一冬向公爵夫人"低首下心",总算把公爵夫人的愤怒化为仁慈了。她答应他的婚礼今年夏天举行。

我不久一定会接到两封信:一封由公爵夫人写来,措辞严厉,官腔十足,另一封由奥丽雅写来,内容很长,兴致勃勃,写满种种计划。五月间我又要到绿沙滩去了。

生活的烦闷

　　根据富有经验的人的观察,连老年人也不容易跟俗世生活分手;每到那种时候,他们往往暴露他们的年龄所固有的吝啬和贪婪,另外还有多疑、胆怯、执拗、不满等。

　　《神职人员实际工作指南》普·涅恰耶夫

上校夫人安娜·米海洛芙娜·列别杰娃的独生女,一个到了出嫁年龄的姑娘,死了。她的死亡引来了另一种死亡:老太婆被上帝的光临①震动得目瞪口呆,

---

① 基督教的说法,意谓上帝来把她的女儿接到天堂去了。

感到她的全部过去也已经随之死亡,无可挽回了。现在,对她来说,开始了另一种生活,跟过去的生活很少有共同之处了。……

她杂乱无章地忙碌起来。首先她寄给阿索斯①一千卢布,把家里的一半银器捐献给墓园的教堂。过不多久她戒绝吸烟,发誓再不吃肉了。然而她做完这些事,却一点也不觉得轻松,正好相反,对自己日益衰老以及死亡临近的感觉变得越发尖锐真切。于是安娜·米海洛芙娜把她在城里的房子三钱不当两钱地卖掉,匆匆搬到她的庄园上来住,却又没有抱着什么明确的目的。

一旦人的头脑里不论用什么方式提出了生活目标这一问题,出现了探索坟墓里的生活的迫切需要,那么捐献也罢,持斋也罢,从一个地方搬到另一个地方也罢,就都不能使人满足了。然而说来也是安娜·米海

---

① 指希腊阿索斯山上的东正教修道院。

歌女集

洛芙娜侥幸,她刚搬到热尼诺村来,命运就把她引到一件事上去,促使她把日益衰老和死亡临近忘却了很久。恰巧在她到达那天,厨师玛尔廷被开水烫伤了两只脚。他们派马车去接地方自治局的医生,可是他不在家。于是安娜·米海洛芙娜强压下嫌脏和难受的心情,亲手给玛尔廷洗伤口,抹上脂蜡合剂①,给两只脚扎上绷带。她守在厨师床旁坐了一夜。多亏她出力,玛尔廷总算不再呻吟,睡熟了,这时候她心里,如同她后来说的那样,"灵机一动"。她忽然觉得她的生活目标在她眼前出现,清清楚楚。……她面色苍白,眼睛湿润,虔诚地吻了吻睡熟的玛尔廷的额头,开始祷告。

从此以后,列别杰娃开始做医疗工作。在她如今回想起来总不免感到憎恶的那段有罪的和不洁净的生活当中,她由于闲着没事也常去找医生。

此外,在她喜爱的人当中,就有医生,她从他们那

---

① 一种消肿拔脓的药膏。

儿多少学到点医道。如今这一切对她来说再切合需要也没有了。她订购了常备药箱、几本书籍、《医师报》，大胆地着手治病。起初只有热尼诺村的居民到她这儿来就诊，可是后来附近各村的人也纷纷到她这儿来了。

"您想一下吧，我亲爱的！"她来到此地三个月后，写信给教士的妻子，夸耀道，"昨天我这儿有病人十六名，今天却整整有二十名！我为他们忙得累极了，脚都站不稳。我手头的鸦片都用完了，您想想看！古利诺村痢疾流行！"

每天早晨醒过来，她想起病人在等她，心里就充满愉快的凉意。她穿好衣服，赶快喝完茶，就开始诊病。诊病的过程给她提供了说不出的快乐。首先她慢条斯理地把病人登记在一个簿子上，仿佛有意延长那种快乐似的，然后依次把每一个病人叫进来。病人病得越重，病状越肮脏讨厌，她反而越觉得这个工作有意思。她一想到她在克制嫌脏的心情，毫不顾惜自己，心里就再快乐也没有了，她清理化脓的伤口总是故意把时间拖长。有些时候她生出难忍难熬、极力要强制自己本性的愿望,仿佛对伤口的污秽和腥臭喜之不尽似的,体验到一种狂妄的得意心情,在这样的时候,她觉得她的工作是至高无上的。她热爱她的病人。她的感情告诉她说,他们是她的恩人,她在理智上不愿意把他们看做个别的人,看做庄稼汉,而想把他们看做一种抽象的东西——人民!正是因为这个缘故,她才对他们异常温和、羞怯,为自己的错误在他们面前脸红,诊病的时候总是露出负疚的样子。……

每次诊病都要占去大半天的时间,完事以后,她筋疲力尽,紧张得脸色发红,浑身不得劲,不过她还是赶紧看书。她读医学书籍或者最合她心意的俄国作者的著作。

安娜·米海洛芙娜自从过新的生活以后,感到朝气蓬勃,心满意足,几乎幸福了。她不再奢望更充实的生活了。此外,仿佛给她的幸福添上最后一笔,犹如正餐结尾加上一道甜食一样,情形发生了这样的变化:她同她的丈夫和解了,而她在丈夫面前是深深感到负疚的。十七年前,女儿出生后不久,她对她丈夫阿尔卡季·彼得罗维奇做过负情的事,不得不同他分居。从那时候起,她就没有再跟他见过面。他在南方一个地方做炮兵连长,有的时候,大约一年两次,给女儿写信来,女儿总是把信仔细收藏好,不让母亲看见。可是女儿死后,安娜·米海洛芙娜出乎意外地收到他的一封长信。他用苍老而无力的笔迹给她写道,自从独生女死后,他失去了最后一个使他同生活保持联系的人,又说他年老多病,巴望着死掉,同时却又害怕死亡。他抱怨说,样样事情都惹得他腻味和厌恶,他跟人们不再能和睦相处,一心等着有朝一日把炮兵连交出去,从此走掉,躲开那些纷扰。他在信的结尾,要求妻子看在上帝面上为他祷告,要求她保重身体,不要过于伤心。两个老人开始热心地通信。根据随后那些总是满纸辛酸、语调阴沉的信,可以了解到,上校失魂落魄不仅仅是因为自己有病和女儿夭亡,他还欠下了债,同上司和军官们发生过争吵,他的炮兵连管理不善,没法交出去,等等。夫妇间的信札往来,延续将近两年,最后老人递上辞呈,回到热尼诺村来长住了。

他是在二月间一天中午到达这里的,当时热尼诺村的房舍掩藏在高雪堆后面,清澄的浅蓝色空间显得死一般的寂静,严寒偶尔把树枝冻得噼啪地响。

他下雪橇的时候,安娜·米海洛芙娜正瞧着窗外,认不出他就是她的丈夫了。他成了个矮小驼背的小老头,老态龙钟,精神委顿。首先扑进安娜·米海洛芙娜眼帘的,是他那长脖子上苍老的皱褶以及膝部僵直不易弯曲的瘦腿,像是一双假腿。他付给马车夫车钱的时候,不知什么缘故对马车夫诉说很久,临了生气地啐一口唾沫。

"就连跟你们讲话都惹人讨厌!"安娜·米海洛芙娜听见苍老的唠叨声,"要明白,讨赏钱是不道德的!人人都只应得到干活挣来的钱,就该这样!"

他走进前厅,安娜·米海洛芙娜看见他那蜡黄的脸,连严寒也没有使它冻得发红,看见他那虾一般的爆眼睛和稀疏的胡子,那胡子本来是棕红色的,现在却夹杂着白须了。阿尔卡季·彼得罗维奇伸出一条胳膊去拥抱他的妻子,吻了吻她的额头。两个老人互相看一眼,仿佛为什么事害怕似的,窘得厉害,倒好像在为各自的衰老害臊一样。

"你来得正是时候!"安娜·米海洛芙娜赶紧开口说,"饭桌刚刚摆好!你一路辛苦,会吃得很香的!"

他们就坐下吃饭。头一道菜默默地吃完了。阿尔卡季·彼得罗维奇从衣袋里取出一个大钱夹来,仔细地看一些字条,他妻子呢,小心地搅和凉拌菜。两个人心里都有成堆的谈话资料,可是他俩都不开口。两个人都感到回忆女儿会引起尖锐的痛苦和滚滚的热泪,往事冒出一股令人窒息的阴郁气味,仿佛打开了装醋的大桶一样。……

"啊,你不吃肉了!"阿尔卡季·彼得罗维奇说。

"是的,我已经发誓不吃肉了……"妻子轻声回答说。

"好,这对健康并没有损害。……如果进行化学分析,那么鱼类和一切斋期食品都是由那些跟肉差不多的成分构成的。实际上根本就没有什么素食。……('我说这些干什么?'老头暗想。)比方说,这黄瓜就是荤菜,跟童子鸡一样。……"

"不。……我吃黄瓜的时候,知道它没有被夺去生命,没有流血。……"

"这,我亲爱的,是眼睛的错觉。你吃黄瓜也顺带吃下去很多纤毛虫,再者黄瓜本身不就有生命吗?要知道植物也是有机体。而且鱼呢?"

"我说这些废话干什么?"阿尔卡季·彼得罗维奇又暗想,立刻很快地讲起现在化学所取得的成就。

"简直是奇迹啊!"他说,费力地嚼面包,"不久人们就会用化学方法做出牛奶,说不定还能做出肉来!是啊!一千年后,每个家庭的厨房就会换成化学实验室,用毫不值钱的煤气之类做出自己想吃的种种东西!"

安娜·米海洛芙娜瞧着他那不安地转动着的、虾一般的眼睛,听着。她觉得老头谈化学不过是为了不谈别的事罢了,可是,他关于荤食和素食的说法,她倒也听得很有趣味。

"你辞职的时候已经做将军了吧?"她等到他突然沉默下来、开始擤鼻子,就问道。

"对,我做将军了。……人家称呼我'大人'了。……"

吃饭的时候,将军一直讲话,唠叨不停,因而显得异常饶舌,这却是以前他年轻的时候安娜·米海洛芙娜没有见过的一种特点。由于他唠唠叨叨,老太婆头痛得厉害。

饭后他走到他的房间里去休息,可是尽管疲劳,却睡不着觉。快要喝晚茶的时候,老太婆走到他房间里去看他,他躺在那儿,盖着被子,蜷起身子,瞪大眼睛瞧着天花板,发出断续的叹息声。

"你怎么了,阿尔卡季?"安娜·米海洛芙娜瞧一眼他那变成灰白的和拉长的脸子,惊吓地说。

"没……没什么……"他说,"风湿病。"

"可是你为什么不早说呢?说不定我能帮助你!"

"你帮不上忙。……"

"如果是风湿病,就该擦碘酒……再服用水杨氧化钠。……"

"这些都没用。……我治过八年了。……你不要把脚顿得这么响!"将军忽然对老太婆的使女吆喝道,气冲冲地对她瞪起眼睛,"像马蹄声那么响!"

安娜·米海洛芙娜和使女已经很久没有听到过这样的口吻,面面相觑,涨红了脸。将军瞧出她们的窘态,皱起眉头,翻过身去,脸向着墙。

"我得预先告诉你,安纽达①……"他呻吟道,"我的脾气糟透了! 我年纪一老,变得爱挑剔了。……"

"应当克制自己……"安娜·米海洛芙娜叹口

---

① 安娜的爱称。

气说。

"说说倒容易:'应当'!应当没有病才是,可是大自然偏偏不听我们的'应当'!哎哟!安纽达,你走吧。……我发病的时候,有外人在场反而惹得我生气。……说话也费力。……"

一天天,一个个星期,一个个月,过去了。阿尔卡季·彼得罗维奇渐渐处熟了新的地方:他习惯了,别人对他也习惯了。起先他住在家里不出门,然而整个庄园都可以感觉到他的衰老和他难缠的脾气。他照例醒得很早,凌晨四点钟光景就起来,他的一天是以他的苍老刺耳的咳嗽声开始的,这就惊醒了安娜·米海洛芙娜和所有的仆人。为了设法消磨从凌晨起到中饭止这段漫长的时间,如果风湿病没有锁住他的两条腿,他就在各个房间里徘徊,挑剔他在各处见到的凌乱。样样事情都惹得他气愤:仆人太懒,脚步声太响,公鸡啼鸣,厨房冒烟,教堂打钟。……他挑毛病,骂人,支使仆役,然而每一次骂过人后,总要抱住头,用要哭的声调说:

歌　女　集

"上帝啊,我的脾气真坏!这脾气糟透了!"

在饭桌上,他吃得很多,唠叨不停。他讲社会主义,讲新的军事改革,讲卫生。安娜·米海洛芙娜听着,觉得他说这些话无非是要避免谈到女儿,谈到往事罢了。两个人在一起相处仍然感到别扭,仿佛为什么事害臊似的。只有到了傍晚,房间里笼罩着幽暗,炉子后边的蟋蟀悲凉地嚁嚁叫的时候,这种别扭才消失。他们并排坐着,默默不语,同时他们的心灵却似乎在低声交谈他俩不敢说出口的话。这时候,他们用生命的余热互相温暖着,清楚地知道自己和对方在想些什么。可是有个使女送进一盏灯来,老头就又唠叨起来,或者不住挑毛病。他什么事也不做。安娜·米海洛芙娜有意拉他一起做医疗工作,可是他头一次接诊病人就打呵欠,闷闷不乐。引他看书也办不到。他在任职期间习惯于看一阵书就丢开,因而不能长久看书,不能一连看几个钟头。他只要读上五六页就厌倦,摘掉眼镜了。

可是春天来临,将军骤然改变了他的生活方式。从庄园到碧绿的田野上,到村子里,已经新踩出一条条小径,窗前的树上鸟雀成群了,这时候,出乎安娜·米海洛芙娜意外,他开始到教堂去了。他不但在节日,而且平时也到教堂去。这种宗教上的热忱是从老头瞒过妻子暗自为女儿做安魂祭那一天开始的。做安魂祭的时候,他跪下来,叩头,哭泣,觉得自己在热烈地祷告。其实那不是祷告。他心里充满了做父亲的感情,在记忆里描摹着亲爱的女儿的音容笑貌,眼睛望着圣像,嘴里小声说:

"舒罗琪卡!我亲爱的孩子!我的天使啊!"

这是老年的忧伤的爆发,可是老头却以为他的内心有了反应,起了变化。第二天他又热心地到教堂去,第三天还是这样。……他从教堂回来,总是精神焕发,神采奕奕,满面笑容。吃饭的时候,宗教和神学问题成了他唠叨不休的话题。有好几次,安娜·米海洛芙娜走进他的房间,正碰上他在翻阅福音书。然而可惜,这种对宗教的着迷没有持续多久。后来有一次他的风湿病发得特别厉害,足足闹了一个星期,从此他就再也不到教堂去了:不知怎么,他想不起他该去做弥撒了。……

他忽然打算同外人交往了。

"我不明白没有社交怎么能活下去!"他开始抱怨道,"我得出外去拜访邻居们!就算这种事愚蠢而无聊吧,可是我活着一天,对上流社会的风俗就得遵守一天!"

安娜·米海洛芙娜要他坐马车出去。他就去拜访邻居,可是只去一次,第二次就不肯到他们那儿去了。同外人交往的要求,最后以另一种方式满足:他迈着碎步在村子里走来走去,挑农民的毛病。

有一天早晨他在饭厅里敞开的窗口旁边坐着喝茶。窗前花圃里,紫丁香和醋栗的灌木丛旁边,有些来找安娜·米海洛芙娜医病的农民在长椅上坐着。老头眯细眼睛瞧了他们很久,然后唠叨说:

"这些庄稼汉①。……所谓公民的悲伤对象②。……

---

① 原文为法语。
② 这是讥刺当时俄国民粹派对贫苦农民的同情。——俄文本编者注

你们与其来治病,还不如找个地方去治一下你们的卑鄙下流好。"

安娜·米海洛芙娜热爱她的病人,这时候停住手不再斟茶,一言不发,只是惊讶地瞧着老头。病人们在列别杰娃家里除了见到抚爱和热情的关怀以外,从没遇到过别样的对待,这时候也不免吃惊,从坐着的地方站起来。

"是啊,庄稼汉先生们……这些庄稼汉……"将军接着说,"你们使我吃惊。使我大吃一惊!喏,这些人不是畜生吗?"老头回转身对安娜·米海洛芙娜说,"县里的地方自治局借给他们燕麦供播种用,可他们不管三七二十一,把燕麦换酒喝掉了!不是一个人换酒喝,也不是两个人,是大家都这么干!酒店老板都没处存放燕麦了。……对吗?"将军转过身去对农民们说,"啊?对吗?"

"别说了,阿尔卡季!"安娜·米海洛芙娜小声说。

"你们以为那些燕麦是地方自治局白白得来的

吗？既然你们不尊重自己的、别人的以至公共的财产，那你们还算是什么公民？燕麦你们拿去换酒喝掉……你们砍了树也拿去换酒喝掉……你们见什么就偷什么。……我的妻子给你们治病，你们却把她的篱墙偷个精光。……这对吗？"

"够了！"将军夫人哀叫道。

"你们也该清醒一下了……"列别杰夫继续唠叨说，"瞧着你们都叫人害臊！喏，你，红头发的家伙，是来治病的……你腿痛吧？……可是你就不肯费点事在家里把腿洗干净。……粘着一俄寸厚的泥巴！你这个大老粗，指望着这儿有人给你洗吧？他们记住了他们是农民，就以为能骑到别人脖子上去了。有个教士给一个叫费多尔的本地木匠举行婚礼。木匠一个钱也不给教士。'穷啊！'他说，'我没法给钱！'嗯，好吧，不过教士叫这个费多尔做个小书架子。……你猜怎么着？他倒要钱，到教士那儿大概去了五次！啊？这不是畜生？他自己不给教士钱，可是……"

"教士就是不收费,他的钱也已经够多的了……"一个病人阴郁地用男低音说。

"可是你怎么知道?"将军跳起来,把身子探出窗外,面红耳赤地说,"莫非你翻过教士的衣袋?就算他是个大财主,你也不应该叫他白出力!你自己不肯白给人家干活,也别叫人家白给你干活!你再也想象不到他们能干出多么坏的事来!"将军回过头来对安娜·米海洛芙娜说,"你该到他们的法庭里和村会上去看看!他们都是些强盗哟!"

甚至临到诊病开始,将军的怒气也还没消。他挑剔每个病人,讥诮他们,把所有的病症都归因于酗酒和放荡。

"看你多么瘦!"他伸出一根手指头戳了戳病人的胸脯,说,"这是什么缘故?没东西吃嘛!样样东西都拿去换酒喝了!你必是拿地方自治局的燕麦换酒喝了吧?"

"这还用说吗?"病人叹道,"当初有地主在,日子就好过些。……"

"你胡说！你说假话！"将军发脾气说，"要知道你说这话不是出于真心，而是拍马屁！"

第二天将军又在窗旁坐着，指责病人。这个工作吸引他，从此他天天在窗旁坐着。安娜·米海洛芙娜看出她丈夫不肯罢休，就开始在谷仓里诊病，可是将军也跟踪到谷仓里来了。老太婆温顺地忍受这种"考验"，她表示的抗议也只限于涨红了脸，送给挨骂的病人几个钱而已。可是临到将军很不喜欢的病人们到她这儿就诊的越来越少，她就再也忍不下去了。有一天吃饭的时候，将军正为一件什么事取笑病人，她忽然眼睛发红，脸上的皮肉痉挛起来。

"我请求你，别再招惹我的病人……"她厉声说道，"如果你觉得有必要对人发脾气，那就骂我，不要去招惹他们。……都因为你，他们不肯再来看病了。"

"啊哈，他们不再来了！"将军冷笑道，"他们怄气了!朱庇特①呀,你生气了,那么可见你不对。哈哈。……不过,安纽达,他们不来倒好。我很高兴。……要知道你的医疗工作不会带来别的,只会带来害处!他们本来应该到地方自治局的医院,由医生按照科学的规定诊病,现在却到你这儿来,结果你用苏打和蓖麻子油治所有的病。害处很大呀!"

安娜·米海洛芙娜定睛瞧着老人,想了一阵,忽然脸色煞白。

"当然,"将军继续唠叨说,"医疗方面首先需要学识,其次才谈得上慈善事业,缺乏学识的医疗工作等于骗人。……再者,从法律上说,你没有权利医病。依我看,如果你粗鲁地把病人轰到医生那儿去看病,而不是自己动手诊病,那你给病人带来的益处倒会大得多呢。"

将军沉默一会儿,继续说:

---

① 古罗马神话中最高的神,即希腊神话中的宙斯。

歌 女 集

"要是你不喜欢我对他们的态度,那么,遵命,我不再开口讲话,不过,其实……如果凭良心说……对他们真诚相待总比沉默和鞠躬好得多。亚历山大·玛凯东斯基是个伟大的人,可是不应当把椅子弄坏①,同样,俄罗斯人是伟大的民族,然而由此却不能得出结论说,不能对他们说实话。把人当成小哈巴狗是不行的。这些庄稼汉②跟你我一样也是人,也有缺陷,所以不必宠着他们,纵容他们,而要开导他们,纠正他们……启发他们。……"

"我们不配开导他们……"将军夫人嘟哝说,"我们倒不妨向他们学一学。"

"学什么?"

"那还少吗?……比方说,爱劳动。……"

---

① 这句话出自俄国作家果戈理的剧本《钦差大臣》第一幕中市长的口,原话是:"当然,亚历山大·玛凯东斯基是个英雄,可是何必把椅子弄坏呢?"——俄文本编者注
② 原文为法语。

"爱劳动？啊？你是说爱劳动？"

将军呛得直咳嗽，从桌旁站起来，在房间里走来走去。

"难道我不劳动？"他面红耳赤地说，"不过……我是知识分子，不是庄稼汉①，我上哪儿去劳动？我……我是知识分子！"

老头真生气了，脸上现出小孩的任性神情。

"有成千上万的兵经过我的手训练出来了……我几乎在战场上阵亡，我害了一辈子的风湿病……现在居然说我不劳动！或者，你会说，我该向你那些人民学一学受苦吧？当然，我哪儿受过苦？我失去了我的亲女儿……失去了在这该死的老年使我还能同生活联系在一起的人！居然说我没受过苦呢！"

两个老人猛地想起女儿，忽然哭起来，开始用食巾擦眼泪。

---

① 原文为法语。

歌　女　集

"我们现在不还是在受苦吗!"将军呜咽说,老泪纵横,"人家有生活目标……有信仰,可是我们只有疑问……疑问和恐惧!居然说我们不是受苦呢!"

两个老人同病相怜了。他们并排坐在那儿,互相依偎着,一块儿哭了两个钟头光景。这以后他们才大胆地瞧着彼此的脸,大胆地谈起女儿,谈起往事,谈起阴森的未来。

晚上他们在同一个房间里躺下睡觉。老头讲个不停,吵得他的妻子无法入睡。

"上帝啊,我的脾气多坏!"他说,"哎,我何必给你讲这些呢?要知道那都是些空想,可是人,特别是到了老年,靠空想生活是很自然的。我唠唠叨叨,结果却夺去了你最后的安慰。你本来会一直到死都给农民治病,而且不吃肉,可是偏偏不成,魔鬼来拉扯我的舌头!没有空想可不行啊。……往往整个国家都靠空想生存下去呢。……有些著名的作家,表面看来像是非常聪明,可是缺了空想也还是不行。喏,你喜爱的那个作家就写过七本有关'人民'的书!"

过了一个钟头,将军不住翻身,说:

"为什么恰恰到了老年,人才注意自己的感受,批评自己的行动呢?为什么年轻的时候就不管这些?到了老年,就是没有这一套也已经够难受的了。……是啊。……年轻的时候整个生活不留痕迹地滑过去,几乎没触动思想,可是到了老年,每一个极小的感受都像钉子那样钉在头脑里,引起一大堆问题。……"

两个老人睡得迟,可是起得早。大体说来,自从安娜·米海洛芙娜丢开医疗工作以后,他们睡得又少又不稳,因而他们觉得日子好像长了一倍。……他们借谈话来消磨夜晚的时光,白天没事做就在各个房间里或者花园里走来走去,探问地瞧着彼此的眼睛。

夏天将近结束,命运给两个老人送来另一个"空想"。有一天安娜·米海洛芙娜走进丈夫的房间,碰上他在做一件有趣的工作:他靠桌子坐着,狼吞虎咽地吃大麻油拌萝卜丝。他脸上,根根青筋都在颤动,嘴角淌下口水。

"快来吃,安纽达!"他提议道,"好得很!"

安娜·米海洛芙娜迟疑地尝了尝萝卜,就吃起来。不久,她脸上也露出了贪馋的神情。……

"你知道,还有一种菜也挺好吃……"将军当天躺下来睡觉的时候说,"要是照犹太人的做法,把梭鱼开了膛,取出鱼子来,你知道,再加上点嫩葱……那新鲜的鱼子……才好吃呢。……"

"行啊,梭鱼倒不难捉到!"

脱了衣服的将军就光着脚走到厨房去,叫醒厨师,吩咐他捉一条梭鱼。到早晨,安娜·米海洛芙娜忽然想吃咸鲟鱼的脊肉,玛尔廷只得赶着车子进城去买。

"哎呀,"老太婆惊恐地说,"我忘了叫他顺便买回薄荷味的蜜糖饼干啦!我想吃点儿甜东西。"

两个老人把心思都用在品尝美味上了。他俩坐在厨房里不出来,争先恐后地想出种种吃食。将军绞尽脑汁,回想当初在营房里过独身生活的时候,不得不亲自从事烹调,想出种种花样。……他发明出来的各种菜肴当中,两个人特别爱吃的是用稻米、研碎的干酪、鸡蛋、炖烂的肉汁做成的一种菜。那里面加许多胡椒和桂叶。

最后一个"空想"就以这个辣味的菜结束了。它注定成为两个人生活里最后一种心爱的东西。

"天多半要下雨了,"九月间一天晚上将军开始发病,说道,"今天我不该吃那么多米饭。……很难受哟!"

将军夫人摊开四肢躺在床上,费力地呼吸。她觉得透不过气来。……她也跟老头一样,心口底下隐隐作痛。

"再者,见它的鬼,我的腿发痒了……"老头抱怨道,"从脚跟到膝头老是有点发痒。……又痛又痒。……真难受啊,见鬼!可是我妨碍你睡觉了。……对不起。……"

在沉默中过了一个多钟头。……安娜·米海洛芙娜渐渐习惯了心口底下的胀痛,睡着了。老头在床上坐着,把头支在膝盖上,照这个姿势坐了很久。后来他开始搔小腿肚子。他的手指甲搔得越起劲,腿上反而越发痒得厉害。

过不多久,不幸的老头爬下床来,趿着脚在房间里走来走去。他瞧了瞧窗外。……那儿,窗子外面,在明亮的月光下,秋季的寒气渐渐封锁了正在死亡的自然界。看得出来,寒冷的白雾罩住凋萎的青草,冻僵的树木睡不着觉,枯黄的残叶不住颤抖。

将军在地板上坐下,抱住膝盖,把头支在膝盖上。

"安纽达!"他叫道。

警觉的老太婆翻过身来,睁开眼睛。

"我在想这么一件事,安纽达,"老头开口说,"你没睡着吧?我在想,老年生活最自然的内容应当是孩子。……你怎么想?可是既然没有孩子,人就应当把心思用在别的事情上。……到了老年做个作家……画家……学者,倒挺好呢。……据说格莱斯顿[①]没有事

---

① 格莱斯顿(1809—1898),当时的英国首相。

做就研究古典作品,很入迷。即使人家把他赶下台,他也还是有这个工作来充实他的生活。研究神秘主义也不错,或者……或者……"

老头搔一搔腿,继续说:

"事实往往是这样:老人变成了孩子,你知道,想种小树,想戴勋章……想干招魂术。……"

老太婆发出轻微的鼾声。将军站起来,又瞧一眼窗外。寒气阴沉地要钻进房间里来,迷雾已经往树林那边爬过去,遮蔽了树干。

"还有几个月才到春天?"老人用额头抵住凉玻璃,暗想,"十月……十一月……十二月……六个月呐!"

不知什么缘故,他觉得这六个月长得没有尽头,就跟他的老年一样长。他瘸着腿在房间里走了一阵,然后在床上坐下。

"安纽达!"他叫道。

"啊?"

"你的药房上了锁吗?"

"没有,怎么了?"

"没什么。……我打算拿碘酒擦一擦我的腿。"

紧跟着又是沉默。

"安纽达!"老头叫醒他的妻子。

"什么事?"

"药瓶上有药名吗?"

"有,有。"

将军慢腾腾地点上一支蜡烛,走出去。

睡意蒙眬的安娜·米海洛芙娜听见光脚的走路声和药瓶的磕碰声响了很久。最后他走回来,咳了一声,躺下。

早晨他没有醒过来。究竟他是自然地死掉的呢,还是因为去了一趟药房才死掉的,安娜·米海洛芙娜就不知道了。再者这时候她也顾不上追究死亡的原因。……

她又杂乱而紧张地忙碌起来。她开始捐献,持斋,发誓,准备朝圣。……

"到修道院去!"她小声说着,害怕地依偎着老女仆,"到修道院去!"

识别上方二维码

免费收听契诃夫小说精彩片段